Carl Pander

Der weisse Hirsch

Carl Pander

Der weisse Hirsch

ISBN/EAN: 9783743312135

Hergestellt in Europa, USA, Kanada, Australien, Japan

Cover: Foto ©Andreas Hilbeck / pixelio.de

Manufactured and distributed by brebook publishing software (www.brebook.com)

Carl Pander

Der weisse Hirsch

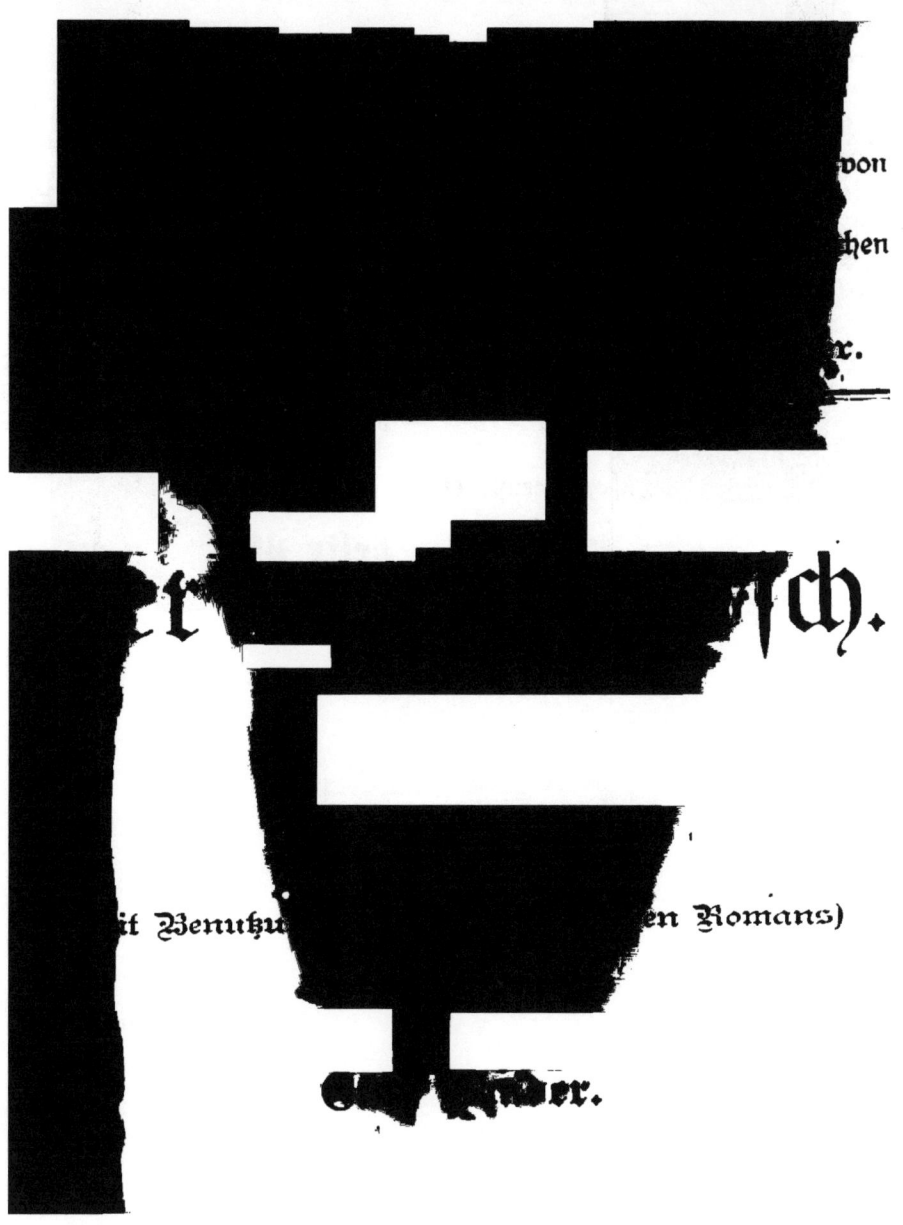

Reg. London Stat. Hall.
Berlin 1894.

…etung im Ausla…

…n im Verlage von Dr. O. F. Eir… und …ungsrecht dieses Werkes für die g… …der … zu erwerben.

…en und Finnland: Oscar Wijk… …cher …tockholm.

…en: P. Neldner, Buch- und Mus… …ung,

… darf von dem Empfänger wed… …noch …irgendwie weitergegeben werden,… …ung …lgung wegen Mißbrauchs, resp.… …ung

…orotheenstr. 61.

Felix Blo…
bevollmächtigte Vert… …tors.

Urtheile der Presse.

— „Hamburger Nachrichten":

„Der gestrige Abend begann mit Thränen und schloß mit dem breiten und behaglichen Lachen der Befriedigung. Gegeben wurden zwei Stücke. Ein älterer, neu einstudirter Einakter: „Die Furcht vor der Freude", Schauspiel in 1 Akt von Emile de Girardin und W. Bachmann und eine Neuigkeit „Der weiße Hirsch", Schwank in 3 Akten von Carl Pander. „Der weiße Hirsch", nach einem Winterfeld'schen Roman von Carl Pander zu einem Schwank umgeformt, beruht auf der nach dieser Seite hin auf ihren Bühnenwerth zwar längst schon erprobten, bei geschickter Behandlung aber immer wieder lustig ansprechenden Täuschung, ein Privathaus für ein öffentliches Einkehrgasthaus auszugeben. Es ist als ein persönliches Verdienst des Verfassers anzuerkennen, daß er, ohne den Spaß zu übertreiben, alle in diesem Grundgedanken gelegenen Anleitungen zur Entwicklung humoristischer Situationen mit Geschick auszunutzen und dabei doch auch der Handlung einen Schein von Wahrscheinlichkeit zu erhalten verstanden hat, ohne den ein Bühneninteresse unmöglich zu erwecken, geschweige denn fortgesetzt aufrecht zu erhalten ist. Das anspruchslose, dabei aber seinen Zweck auf das Beste erfüllende Stück endete mit vielfachen Hervorrufen des Autors und der Darsteller." W.

— „Hamburgischer Correspondent":

„Im Thalia-Theater hat bei der gestrigen ersten Aufführung ein neuer dreiaktiger Schwank: „Der weiße Hirsch" einen durch keinen Mißton getrübten Heiterkeitserfolg erzielt. Das Stück ist von Carl Pander verfaßt und, wenn der Autor die Idee auch einem Winterfeld'schen Roman entlehnt hat, so zeigt sich im Detail der Charakteristik, sowie in der Scenenführung doch viel Eigenartiges, das nicht allein von außergewöhnlicher Bühnenkenntniß, sondern auch von schriftstellerischer Fähigkeit Zeugniß ablegt. Vor allem hat der Autor die

Situationskomik auszunützen verstanden, wobei er von der richtigen Ansicht geleitet wurde, daß bei einem Schwank, der lediglich darauf berechnet ist, das Publikum zu unterhalten, auch die Wahrscheinlichkeit dem Humor untergeordnet werden muß. Daß die heitere Wirkung sich bis zum Schluß steigert, ist ein Vorzug, den dieser Schwank vor vielen anderen voraus hat. In der Charakteristik des Gutsbesitzers Pomperon, der im Jahre 1871 als französischer Kriegsgefangener sich mit der Wittwe von Haberstroh verheirathet hat und nun als deutsch=radebrechender Franzose im Lande der germanischen Barbaren ein sorgenfreies und vergnügtes Leben führt, ist mancher feine Zug zu bemerken, der auf echt künstlerische Intentionen zurück=zuführen ist. Der Titel des Schwankes wird dadurch motivirt, daß in dem Familienwappen des Herrn von Haberstroh sich das Bild eines weißen Hirsches befindet und dieses Wappen an dem Hause des Herrn Pomperon angebracht worden ist. Das Zusammenspiel war musterhaft. Nach jedem Aktschluß wurden die Darsteller und auch der Autor mehrfach hervorgerufen."

— "Hamburger Fremdenblatt":

"Die gestrige Vorstellung begann vor völlig ausver=kauftem Hause mit der neueinstudirten Aufführung des ein=aktigen Dramas: "Furcht vor der Freude" von Frau de Girardin, Deutsch von Bachmann. Die Hauptpièce des Abends war der dreiaktige Schwank: "Der weiße Hirsch", welchen Herr Pander mit Benutzung einer Winterfeld'schen Idee geschrieben. Wir freuen uns aufrichtig, einen durchschlagenden Erfolg konstatiren zu können. Herr Pander hat mit diesem Stück bewiesen, daß er ein Lustspielautor ist, der alle Finessen der Bühnenmache kennt und dabei Humor und Geschmack besitzt. Der Schwank giebt sich durchaus anspruchslos, er will keine neuen Sen=sationen bringen, sondern lediglich das Publikum ein paar Stunden amüsiren und dies thut er im vollem Maße. Schon nach dem ersten Akt erscholl lebhafter Beifall, nach dem zweiten wurde so lange stürmisch applaudirt, bis Herr Pander mehr=mals sich auf der Bühne gezeigt hatte, und zum Schluß wieder=holte sich dieser Beifall noch im verstärkten Maße. Der lustige Schwank dürfte nicht nur am Thalia=Theater eine lange Reihe von Vorstellungen erleben, sondern auch seinen Weg erfolgreich über alle anderen deutschen Bühnen machen. Die Lustigkeit des Stückes liegt hauptsächlich in den vielen komischen Situationen, welche zwar bei näherem Nachdenken nicht ganz wahrscheinlich erscheinen, sich aber während der Aufführung ganz ungesucht und natürlich aus der hübsch ersonnenen Fabel des Stückes ergeben. Die Pander'sche Situationskomik und humoristische Scenenführung erinnern ein wenig an Kotzebue's Geschicklich=

keit, Personen und Verhältnisse durch Mißverständnisse und Schalkslist durcheinander zu wirbeln. Niemals wird die Komik durch gewaltsame Mittel herbeigeführt, der Verfasser schüttet die komischen Situationen und belustigenden Reden mühelos aus dem Aermel. Ganz ausgezeichnet war die flotte und muntere Darstellung. Hr. Flashar war als Pomperon, welcher als eingewanderter Franzose ein drolliges, radebrechendes Deutsch spricht, wußte der tragikomischen Verzweiflung über die Grobheit seines Gastes Kurt, welcher sich im Hotel glaubt, einen überwältigend lustigen Ausdruck zu geben. Hr. Bozenhard war ein schüchtern-kecker Kurt, wie er nicht amüsanter gedacht werden kann. Frl. Witt als Henny sah allerliebst aus und spielte keck und lustig, und auch Frl. Steiman als Clara ließ ihrem Humor die Zügel schießen. Ungemein belustigend war das Bedientenpaar Friedrich und Christine, dargestellt von Hrn. Brahm und Frl. Begerowska. Sie sprachen das missüngsche Platt mit großer Virtuosität und Verve. Hr. Brahm, den wir leider so selten in einer größeren Rolle sehen, rief gewaltige Stürme der Heiterkeit hervor durch seine trocken komische Art, wie er den dummen Bauerntölpel darstellte, und auch Frl. Begerowska erfreute sich lebhaften Beifalls auf offener Scene. Hr. May (Schullehrer) und Hr. Kaiser (Hans von Haberstroh) begnügten sich diesmal mit kleineren Rollen, die sie aber sehr wirksam gestalteten. Frau Grösser (Frau Pomperon), Hr. Halm (von Rundstaedt), Hr. Hallenstein (von Hopfen senior) und Hr. Badewitz (Hugo von Haberstroh) trugen zu dem flotten Ensemble das ihrige bei." Oscar Riecke.

— Das „Hamburger Fremdenblatt" schreibt einige Tage später:

„Der weiße Hirsch", der neue übermüthig lustige Schwank von Carl Pander, hat in seiner vortrefflichen Besetzung, im Verein mit dem effektvollen Girardin'schen Schauspiel „Die Furcht vor der Freude", auch am Dienstag ein ausverkauftes Haus erzielt und heute (Donnerstag) war Mittags schon das Theater mit Einschluß des geräumten Orchesters total ausverkauft. Am Montag geht das zugkräftige Stück zum vierten Mal in Scene.

— Dem „Berliner Börsen-Courier" wird aus Hamburg geschrieben:

„Im Thalia-Theater hatte der dreiaktige Schwank „Der weiße Hirsch" mit Benutzung einer Winterfeld'schen Idee von Carl Pander, dem Regisseur dieser Bühne, bei der Erstaufführung einen durchschlagenden Lacherfolg. Das an drolligen Verwickelungen reiche Stück behandelt die Geschichte von der Verwechselung eines herrschaftlichen Wohnsitzes, desjenigen des Gutsbesitzers Pomperon (Hr. Flashar) mit einer

Gastwirthschaft, zu welcher Verwechselung der destinirte Schwieger=
sohn des genannten Herrn von dem Stiefsohne desselben
(Hrn. Kaiser) aus purem Muthwillen verleitet wird. Kurt von
Hopfen (Hr. Bozenhard), der dem ihn natürlich nicht kennenden
Pomperon als ein überaus schüchterner Mensch geschildert worden
ist und welcher Damen besserer Stände gegenüber auch wirklich
leicht in Verlegenheit zu gerathen pflegt, zeigt sich dem vermeint=
lichen Hotelier und dessen Gattin gegenüber keineswegs von
dieser Seite und keineswegs liebenswürdig. Wohl aber erweist
er sich, der ihm in einfach bürgerlicher Kleidung entgegengetreten=
den Tochter des Hauses (Frl. Witt), welche er für die Wirth=
schafterin des Gasthauses hält, und welche sofort Eindruck auf
ihn ausgeübt hat, gegenüber, als ein gemüthvoller, warm
empfindender und redlich denkender Mensch, so daß das junge
Mädchen alsbald in ihn verliebt ist und ihm Herz und Hand
überläßt. Eine Reihe überaus komisch wirkender Situationen
ist durch geschickt eingeflochtene Episoden noch wesentlich vermehrt,
in denen namentlich die besonders wirkungsvoll behandelten
Dienstboten des Hauses, ein stumpfsinniger Bedienter (Hr. Brahm)
und eine einfältige Magd (Frl. Begerowska) hervortreten.
Der mit Verve gespielte Schwank fand, wie gesagt, heiterste
Aufnahme."

— Die „Schleswiger Nachrichten" schreiben:

— Eine Premiere „Der weiße Hirsch" Schwank in 3 Akten
mit Benutzung eines Winterfeld'schen Romans von Karl Pander
ging gestern über unsere Bühne und errang einen durch=
schlagenden Erfolg. Eine Erstaufführung nicht den unberechen=
baren Zufällen an einer Großstadtbühne auszusetzen, wo der
Parteien Haß und Gunst ein unbefangenes Urtheil nicht immer
aufkommen lassen, sondern das Stück erst auf einer Provinzial=
bühne auf seine Wirksamkeit zu prüfen, ist von einsichtsvollen
Schriftstellern oft schon beliebt worden, und mit gutem Recht
wählte der Verfasser unser Stadttheater. Der Inhalt des
Stückes ist kurz folgender: Pomperon, ein ehemaliger fran=
zösischer Offizier, hat als Gefangener eine junge Wittwe und
Besitzerin des Hofes Grömitz im Holsteinischen kennen gelernt
und ist jetzt ein behäbiger Gutsbesitzer, der sich mit aller Welt
gut verträgt, nur mit der deutschen Sprache lebt er auf ge=
spanntem Fuße. Seine Gattin Marie sehnt sich zwar aus der
ländlichen Einsamkeit in die geselligen Zerstreuungen der Groß=
stadt, findet aber bei ihrem Manne mit dieser Neigung wenig
Beifall. Die Tochter der beiden, Henny, ist ein frisches, natür=
liches Mädchen. Sie soll auf Wunsch der Eltern mit dem jun=
gen Kurt von Hopfen verheirathet werden, den man aber noch
nicht kennt, die Heirath ist ein Projekt, welches die beiden Väter
mit einander abgemacht haben. Der Sohn aus Mariens erster
Ehe, Hans, ist ein zu allerhand dummen Streichen aufgelegter
gutmüthiger, aber etwas beschränkter Mensch, der seine Cousine
Clara, die im Hause ist, heirathen soll, was seinen Neigungen

durchaus nicht entspricht. Clara liebt den Franz von Runstaedt, einen Freund des jungen Kurt von Hopfen. Im Hause Pomperons lebt noch ein Schwager der Hausfrau, Hugo von Haberstroh, ein alter Herr, der in beständiger Sorge ist, Zurücksetzungen ausgesetzt zu sein. Christine und Friedrich endlich die dienstbaren Geister des Hauses sind zwei köstliche komische Figuren, denen das Plattdeutsche doppelt gut steht. Hugo von Haberstroh hat in gerechtem Familienstolze das Familienwappen, einen weißen Hirsch, über dem Hause angebracht. Dies giebt dem Sohne Hans Veranlassung, die beiden erwarteten Gäste Kurt von Hopfen und Franz von Runstaedt glauben zu machen, Pomperon's Haus sei ein Wirthshaus und Pomperon der Wirth. Friedrich ist in das Geheimniß, aus dem eine lange Reihe komischer Irrthümer entsteht, eingeweiht und weiß sich mit seinem: „Hoab die Ehre!" stets aus der Affaire zu ziehen. Der 1. Akt schließt sehr wirkungsvoll damit, daß Kurt, aufgebracht über die nachlässige Behandlung in dem vermeintlichen Wirthshause mit Herrn Pomperon aufs Heftigste zusammengeräth. Im 2. Akt verwickelt sich die Sache weiter dadurch, daß Franz die Nichte Clara, seine Angebetete, sieht und von ihr veranlaßt wird, die Komödie mit dem weißen Hirsch weiter zu spielen. Kurt hält Klara für seine Braut und hat nicht die Absicht dem Wunsche des Vaters Folge zu leisten. Im weiteren Verlauf der Handlung stellt sich ihm Henny Pomperon als Wirthschafterin vor, und Kurt verliebt sich, die und keine andere soll seine Frau werden. Ehe im 3. Akt die Verwirrung sich löst, findet sie dadurch, daß Henny sich als angebliche Wirthschafterin Justine genannt hat noch einen höchst drolligen Höhepunkt. — Das gefährliche Unternehmen, einen Roman zu dramatisiren, ist dem Autor vortrefflich gelungen. Mit sicherem Blick hat er die ausschlaggebenden Momente herausgeschält und sie durch einen fesselnden Dialog verbunden. Was die Darstellung anbelangt, so ist dieselbe durchweg zu loben. Das Publikum erhob sich schon mit dem 1. Akte aus einer gewissen Reserve zu lautem Beifall, der sich von Akt zu Akt steigerte, zum Schluß war derselbe so lebhaft, wie man ihn wohl selten gehört hat. Das Stück wird sicher überall sein Glück machen und ist zunächst für hier eine Wiederholung sehr erwünscht und eines ausverkauften Hauses gewiß."

— Ueber den neuen Schwank „Der weiße Hirsch" von Carl Pander schreibt der bekannte Schriftsteller Hermann Heiberg in einem längeren Feuilleton in den „Schleswiger Nachrichten": „Herr Pander hat auf Grund seine Bühnenkenntnisse ein Stück schreiben wollen, das ein paar Stunden amüsirt, und das ist ihm vollkommen gelungen. Der große Kenner der Bühne und ihrer Wirkungen hat vielleicht mit schwerem Herzen, aber mit leichtem Sinne unter Festhaltung seiner Ziele davon abgesehen, irgend etwas nur annähernd Wahrscheinliches auf die Bühne zu bringen, alle Mittel aber herausgesucht und gefunden, die Lachmuskeln in eine starke Span=

nung zu versetzen. Unter den Intentionen des Autors und unter einem solchen Herantreten von Seiten des Publikums ist in der That ein Treffer geschaffen, und zwei Figuren, wie die dienenden Geister Friedrich und Christine, müssen, behaupte ich, auf jeder Bühne siegen. Wieder zeigt sich die ewige, in den Sternen geschriebene Wahrheit, daß der Künstler, auf welchem Gebiet immer seine Hand waltet, dann fortreißt, wenn er ins Leben hineingreift. Es sind zwei Figuren voll wirklichen Lebens. „Der weiße Hirsch" wird allezeit da, wo ein flottes Zusammen= spiel zu ermöglichen ist — es ist allerdings erforderlich für den überaus lustigen Schwank — das Publikum fasciniren. Einige hereingeschobene Episoden wirkten geradezu köstlich und die damit beabsichtigten Verwechslungswirkungen erschienen nicht einmal unwahrscheinlich. Als ich das Theater verließ, hörte ich um mich noch lachen. Ein vortreffliches Zeichen! Aber ich hörte auch das lustige Einschiebsel „hobe die Ehre" des Dieners Friedrich wiederholen. Es wird hier ein geflügeltes Wort werden, und da bekanntlich diejenigen die populärsten Melodien der Welt sind, deren sich die Marterinstrumente der Menschheit: die Pianinos und Drehorgeln bemächtigen. so will ich dem Autor in verwandtem Sinne wünschen, daß alle Welt bald sich zuruft: „hobe die Ehre!"

Personen.

Besetzung des Hamburger Thalia-Theaters.

Alphonse Pomperon	Hr. Flashar.
Marie, seine Frau.	Fr. Größer.
Henny, seine Tochter	Frl. Witt.
Hans, Mariens Sohn aus erster Ehe . . .	Hr. Kaiser.
Clara, Mariens Nichte	Frl. Steiman.
Hugo von Haberstroh, Mariens Schwager	Hr. Ladewitz.
Karl von Hopfen, Rittergutsbesitzer .	Hr. Hallenstein.
Kurt, sein Sohn	Hr. Bozenhard.
Franz von Rundstaedt	Hr. Halm.
Christine	Frl. Begerowska.
Friedrich	Hr. Brahm.
Lämmerhirt, Dorfschullehrer .	Hr. May.
Ein Landbriefträger.	

Ort der Handlung: Pomperons Landhaus.
Zeit: Die Gegenwart.

Anmerkung: Wo die Darstellung des „Friedrich" und der „Christine" in hamburgischem, mecklenburgischem oder holsteiner Platt nicht angebracht erscheint, empfiehlt es sich, den Dialect zu localisiren. Für Oesterreich, böhmisch, für Schlesien, plattschlesisch u. s. w.

Erster Akt.

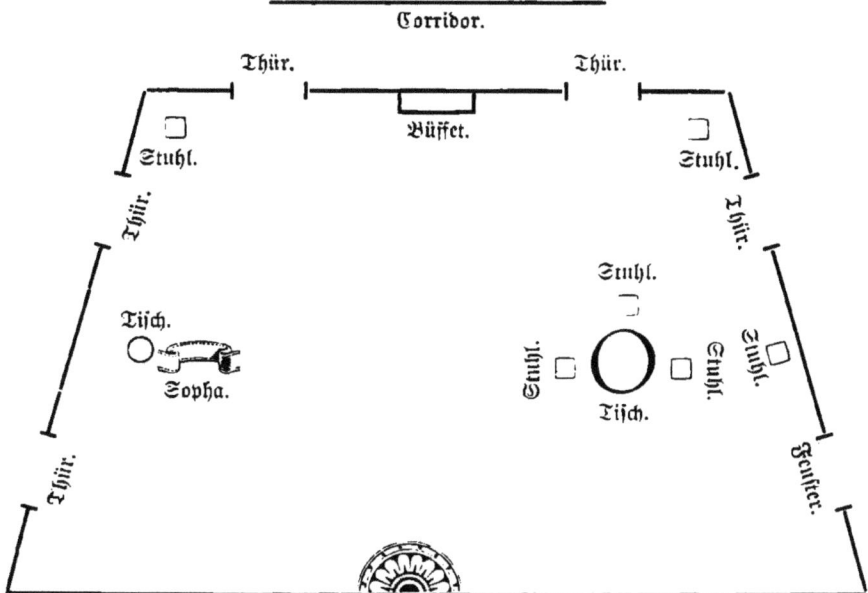

(Wohnzimmer bei Pomperon. Die Anordnung des etwas altmodischen Meublements, Büffet mit Krügen u. s. w., muß den Eindruck in unabsichtlicher Weise unterstützen, als befände man sich in einem Gasthof. Zwei Mittelthüren. Links zwei Thüren. Rechts Fenster und eine Thür.)
(Rechts und links vom Zuschauer.)

1. Scene.
Hugo (dann) Friedrich.

Hugo (von Mitte links, sieht durch das Schlüsselloch der ersten Thür links). Mein Schwager hält sein Mittagsschläfchen. Ich kann jetzt ungestört meine Ueberraschung vorbereiten. Ich glaube, die werden eine große Freude haben. (Geht zur Mittelthüre links und ruft mit gedämpfter Stimme:) Friedrich, komm' herein!

Unverkäufliches Manuscript.

Friedrich (von Mitte links). Do bin ick!

Hugo. Hast Du meinen Neffen gesehen?

Friedrich. He is mit de Fräulens in't Dorp goan.

Hugo. Das ist mir lieb, dann stören uns die auch nicht. Laß Jochen mit dem Wappenschild hereinkommen.

Friedrich (ab Mitte links).

Hugo. Na, Alphonse wird Augen machen, wenn er das Wappenschild unserer altadeligen Familie über dem Hausthor sieht. (Friedrich und ein Knecht bringen ein großes Schild, worauf ein weißer Hirsch gemalt ist.)

Friedrich. Wat sall denn dat förstellen?

Hugo. Es ist das Wappen der Familie Haberstroh. Wie wir, ist es über 1000 Jahre alt.

Friedrich. Se sünd dusend Johr alt.

Hugo. Ach was! Nagelt das Schild über dem Hausthor fest. Vorwärts! Sputet Euch! (Ab links Mitte.)

Friedrich. Du, Jochen, kumm! Wie söllt den olen Hirsch uphangen. (Sieht auf den Hirsch.) Dat he dusend Johr old is, dat glöw ick nich. He is jo noch ganz nee. He farwt aff. (Beide mit dem Schild Mitte rechts ab.)

2. Scene.

Pomperon.

Pomperon (aus der Thür links I). Niemand da? Ick' hab' doch gehört spreck... Ah, ick hab' geschlaf reckt schleckt, weil ick mick hab' nack Tisch gezankt mit Marie über ihre Kindererziehung.

3. Scene.

Pomperon. Marie.

Marie (von links erste Thür, thut, als ob sie Pomperon nicht sieht, geht zum Sopha und setzt sich).

Pomperon (für sich). Is nock sehr böse. (Laut.) Hast Du der Migräne?

Marie. Mein Gott, laß' mich. Es wird ja doch nicht anders.

Pomperon. Was wird dock nickt anders?

Marie. Meine Ansicht über Deine Kindererziehung. Wir leben wie die Einsiedler. Ich rede nicht von Hans, meinem guten Jungen. Der hat wenigstens seinen Stammtisch in der Traube in Rednitz, aber Henny, kann sie ihre Talente und Kenntnisse hier in der Einsamkeit verwerthen?

Pomperon. Hab' ick Euch nicht geschickt erst neulich auf eine Ball nack Kiel?*)

Marie. Neulich? Das sind zwei Jahre her. Ist das ein Leben hier! Du erlaubst ja nicht einmal, daß Henny ihrem Stande angemessene Toilette macht.

Pomperon. Ick erlaubt nicht? Sieht sie nicht Nachmittags aus wie eine Prinzeß?

Marie. Nachmittags! Aber Vormittags muß sie sich dafür mehr wie einfach kleiden. Immer Deine beliebten Kattunkleider und obligate Schürze.

Pomperon. Oui, damit sie nicht wird eitel und bleibt einfack und bescheiden.

Marie. Deßhalb braucht sie sich doch nicht wie ein Dienstmädchen zu kleiden. Wenn wir wenigstens sechs bis acht Wochen in Hamburg oder Berlin wären, dann könnte Henny ein paar Bälle mitmachen und sich zeigen. Die Welt muß doch erfahren, daß sich hier ein hübsches und reiches Mädchen befindet.

Pomperon. Zwei hübsche, reiche Mädchen.

Marie. Für Claire ist gesorgt. Die heirathet Hans.

Pomperon. Mir wär' lieber, wenn er heirath' die fille von unsere Nackbar, die Anna von Flemming.

Marie. Claire liebt Hans doch so sehr.

Pomperon. Unbegreiflich.

Marie. Wo aber ist ein Mann für Henny? Wenn wir sie nicht in die Gesellschaft einführen, bleibt sie sitzen.

Pomperon. Sitzen? Is unser älteste Dockter Josephine geblieb' sitzen? Non! Is gekomm' unser Schwiegersohn, die Major Rickter und hat unser Dockter gebet', zu steh' auf.

Marie. Jetzt giebt es aber im Umkreise von 20 Meilen keinen einzigen heirathsfähigen Mann mehr.

Pomperon. Is rictig! Aber hast Du vergeß' die junge Hopf, die Sohn von die alte Hopf, meine liebe Freund.

*) (Kann entsprechend geändert werden.)

Unverkäufliches Manuscript.

Er mackt seit zwei Jahr' eine große Reis' durck ganz Europa. Die alte Hopf und ick sind einig, daß seine Kurt und unser Dockter Henny soll heirath' einand'!

Marie. Wir kennen den jungen Mann ja garnicht, und „Deine alte Hopf" kenne ich auch nicht. Was Du mir übrigens von der Schüchternheit seines Sohnes gesagt hast, ist auch nicht gerade vertrauenerweckend. (Steht auf.)

Pomperon. Ah, seine Schückternheit, von der mir seine Vater hat erzählt, wird nickt sein so schlimm. Ick war früher auck schücktern. Ick hab' dazu wenig gewußt von Deine deutsche Sprack, aber dock hast Du mick gleich verstand', als Du warst eine junge Wittwe und ick Kriegsgefang'ner hier bei Deine Landsleut'.

4. Scene.

Vorige. Hans.

Hans (von Mitte rechts). Das ist ja zum Schreien! Ha, ha! (Wirft sich lachend auf's Sopha.)

Marie. Was hast Du?

Hans (noch immer lachend). Ich hatte Claire und Henny in's Dorf begleitet und komme eben zurück. Da sehe ich vor unserem Hause Onkel Hugo auf einer Leiter. Er nagelt ein großes Schild an die Mauer.

Pomperon (erstaunt). Eine Schild?

Hans. Mit einem Thier darauf, das unser Familien= wappen vorstellen soll. Er hat es extra für Mama malen lassen.

Marie. Der gute Hugo wollte mir eine Freude machen.

Pomperon. Und schimphir' uns're Haus. (Ruft am Fenster.) Hugo! Gleich komm' herein.

Marie. Ich bitte Dich, beruhige Dich doch.

Pomperon. Das geht über die Spaß!

Hans. Papa hat ganz recht.

5. Scene.

Vorige. Hugo.

Pomperon. Hugo, was soll die Carricatür über der Hausthor?

Hugo. Unser Familienwappen eine Carricatur?

Pomperon. Frédéric soll gleich abnehm' die Thier.

Hans (singt). Ja, werft das Scheusal in die Wolfschlucht. Schrumm, schrumm!

Hugo (gekränkt). Das hat man davon, wenn man Euch eine Freude machen will.

Marie. Ich danke Dir, Schwager.

Hugo (zu Pomperon). Ich bin leider von Dir abhängig, weil ich von Deinen Wohlthaten leben muß. Du erinnerst mich ja stets daran.

Pomperon. Thu' ick niemals.

Hans (für sich, aufstehend). Gleich sagt Onkel Hugo, daß er fort will.

Hugo. Wenn Du mich immer fühlen läßt, daß ich hier nur geduldet werde, bin ich ja gezwungen, fortzugehen.

Hans (für sich). Da haben wir's.

Pomperon. Hugo, ick hab' es gemeint nickt so schlimm. Sei wieder gut. Wir bleib' zusamm', bis wir sterb' und das dauert hoffentlich noch sehr lang.

Hans (für sich). Jetzt kommt die Kriegserinnerung und dann ist Papa windelweich.

Hugo. Ich werde mir diesen Tag und Dein Versprechen merken. Es ist der fünfte December, der Jahrestag der Schlacht bei Orleans.

Pomperon. Ja, wahrhaftick, heut' is die fünfte Dezember, wo wurd' geschlag' die brave Armee von die Loire.

Marie (zu Hugo). Warum erinnerst Du daran?

Pomperon. Laß ihn, Marie. Wär ick nickt gefang' und hätt' man mick nickt gebrackt in diese Land, so hätt' ick Dick nickt geheirathet. Meine Malheur is geword' meine Glück.

Hugo. Soll Friedrich wirklich das Familienwappen abnehmen?

Marie (bittend). Alphonse!

Pomperon. Gut, mack er bleib' häng' über der Hausthor.

Hans (für sich). Da haben wir's... Das Familienthier muß ich doch gleich in der Traube dem Stammtisch zum Besten geben. Das giebt einen famosen Spaß. (Laut.) Na, Adieu!

Marie. Wo willst Du hin bei diesem Schneesturm?

Hans. Nach Rednitz in die Traube.

Marie. Aber willst Du nicht auf Claire warten?

Manuscript not for sale.

Hans. Nein, Mama. Ich bin bald wieder hier. Onkel Hugo, ehe ich fortgehe, werde ich mir unser Wappen noch einmal recht genau ansehen. Adieu. (Mitte links ab.)

Pomperon. Er will nicht erwart' seine Braut und geht lieber in die Wirthshaus. Er liebt mehr la bière wie seine Claire.

6. Scene.

Vorige (ohne Hans). **Landbriefträger.**

Briefträger (von Mitte rechts). Goden Dag! 'Ne Depesch an Se.

Marie. Eine Depesche?

Briefträger. Ick krieg' 'ne Mark twintig!

Marie (giebt ihm Geld).

Briefträger. Adjüs! (Ab Mitte rechts.)

Pomperon (hat die Depesche geöffnet). Von die alte Hopf! (Zu Hugo.) Hugo, ick bitt' Dick, uns zu lass' allein.

Hugo (gekränkt). O, ich dränge mich nicht in Eure Geheimnisse. Aber, daß ich gehen soll, das hättest Du mir auch etwas taktvoller sagen können. (Ab Mitte links.)

7. Scene.

Vorige. (Ohne) **Hugo.**

Pomperon. Schon wieder empfindlich.

Marie. Nun, was telegraphirt Herr von Hopf?

Pomperon. Daß sein Sohn wird komm' heut' Abend um 9 Uhr. Was sagst Du jetzt, Marie?

Marie. Heute?

Pomperon. Ja!

Marie. Willst Du Henny darauf vorbereiten?

Pomperon. Natürlick!

Marie (am Fenster). Da kommt sie mit Claire.

Pomperon (ebenfalls am Fenster). Sie steh' still und bewunder' die Wapp' von die famille.

Marie. Ich will Henny Bescheid sagen. (Ab Mitte rechts.)

8. Scene.

Pomperon (allein. Dann) **Henny** (durch die Mitte rechts).

Pomperon. Schick sie gleich her. (Nach kleiner Pause.) Ick will sie vorbereit' ganz vorsichtig, daß sie soll heirath' die junge Hopf. Natürlich nur, wenn er ihr gefällt. —

Henny (durch die Mitte rechts in einem Pelz, den sie hinten rechts ablegt). Mama sagte, Du hättest mit mir zu sprechen, Papa?

Pomperon Oui, Henny, komm' näher bei mir. (Henny küßt ihn.) Siehst wieder aus, wie eine Figurine aus die Bazar. Kleid mit hohe Aermel, weiße Krag'* und wahrscheinlick auch Stiefelett', dünn wie Blätterteig. Zeig' einmal Deine Füß'.

Henny. Aber Papa, im Winter. (Zeigt den Fuß.)

Pomperon. Bon. Setz' Dick. Ick hab' mit Dir zu sprech'.

Henny (setzt sich neben Pomperon).

Pomperon. Henny, meine gute Kind, Du bist eine Mädken! Nickt wahr?

Henny (etwas erstaunt). Ja.

Pomperon. Also hör' zu, was ick Dir will sag', aber bekomm' keine Schreck. (Mit Anlauf.) Henny, willst Du heirath' eine Mann?

Henny (springt auf). Ist das Dein Ernst?

Pomperon. Bleib sitz'. Werd' ick dock nickt spaß' mit solke ernste Sacken. Willst Du heirath'?

Henny. Gewiß will ich einmal heirathen.

Pomperon. Dann sind wir einig. Ick hab' nämlick eine Mann für Dick.

Henny. Einen Mann? (Springt auf.)

Pomperon. Bleib sitz'.

Henny. Du hast einen Mann für mich und ich soll (setzt sich) sitzen bleiben!

Pomperon. Eine brave, junge Mann, die Dir wird sehr gefall'!

Henny. Kennst Du ihn denn so genau, Papa?

Pomperon. Non, ick kenn' ihn garnickt.

Henny (sehr erstaunt). Du kennst ihn gar nicht?

---

* (Ist entsprechend zu ändern.)

Unverkäufliches Manuscript.

Pomperon. Weil er is immer verreist. Ick kenn' aber seine Vater. Wird heute Abend noch komm'.

Henny. Der Vater?

Pomperon. Nein, die Sohn. Ick hab' Dir schon erzählt von meine liebe Freund und seine Sohn Kurt. Er soll eine hübsche, junge Mann sein, nur etwas schüchtern.

Henny. Ein schüchterner junger Mann?

Pomperon. Willst Du hab' eine frecke Mann? Eine schüchterne Mann ist eine zarte Mann. Er wird schon noch werd' dreist.

Henny (steht auf). Aber Papa!

Pomperon (steht auf). Du brauchst ihn ja nicht zu nehm', wenn er Dir nicht gefällt. Sollst ihn blos ansehn. Willst Du, Henny?

Henny. Ansehn? Ja, Papa!

Pomperon. So is recht! Die junge Hopf komm' zu Dir und wenn Du ihm gefällst, sagt er mit eine leise und zitternde Stimm': Ick liebe Sie! Das hör' sick an Deine kleine Herz und beginn' zu pucker und zu pucker, bis Du sagst, daß Du auch liebst die brave, junge Mann.

Henny. Wenn er es eben so macht, wie Du, Papa, dann hat er mich im Sturm gewonnen.

Pomperon. Für diese Wort' ick will Dir geb' eine herzliche Kuß. Du bist eine kleine Kokette. (Küßt sie.)

9. Scene.

Vorige. Clara. (Dann) **Friedrich.**

Clara. Störe ich?

Pomperon. Komm' her, Claire. Ick will Dir geb' auch eine Kuß. (Küßt sie.) Ick könnt' heut küss' die ganze Welt.

(Es ist allmählich halbdunkel geworden.)

Friedrich (bringt eine Lampe).

Henny (neckisch). Den Friedrich auch?

Pomperon. O non. die nicht. Hat eine Nas' wie eine ... wie eine Truthahn. (Ab links I.)

Friedrich (hält die Hand vor der Nase; ab Mitte rechts).

10. Scene.

Henny. Clara.

Clara. Was hat denn Dein Vater?

Henny. Einen Mann für mich.

Clara. Das ist ja sehr interessant. Komm' schnell, erzähle. (Sie setzen sich rechts.)
Henny. Er kommt heute Abend.
Clara. Heute Abend schon?
Henny. Ja, er wird mir zur Ansicht hergeschickt.
Clara. Wie heißt er denn?
Henny. Kurt von Hopfen.
Clara. Kurt von Hopfen?
Henny. Kennst Du ihn?
Clara. Ja, und Du auch.
Henny. Ich? Woher?
Clara. Er ist ja der beste Freund meines Franz.
Henny. Deines Franz?
Clara. Erinnerst Du Dich denn des Balles in Kiel nicht mehr, wo ich meinen Franz kennen lernte?
Henny. Ja, gewiß.
Clara. Sein Freund Kurt war doch auch da.
Henny. Ich erinnere mich nicht, ihn gesehen zu haben.
Clara. Er war auch nur ein paar Minuten sichtbar. O, ein hübscher Mann, fast so hübsch wie mein Franz. (Seufzend.) Mein Franz! Ich soll ja durchaus Deinen Bruder Hans heirathen.
Henny. Doch nur, wenn er will und das bezweifle ich, denn von dem Augenblick an, wo Du nach unserem Plan handeltest und so thatest, als könntest Du nicht ohne ihn leben ...
Clara. Ging er mir aus dem Wege. Ich hab's aber auch arg genug getrieben. Ich schäme mich ordentlich über meine Aufdringlichkeit.
Henny. Und Hans nimmt Alles für baare Münze. Wenn Du so fortfährst, wirst Du ihm unausstehlich und dann bekommst Du Deinen Franz.
Clara. Den ich so schrecklich liebe.
Henny. Pst, da ist Hans. Jetzt liebe ihn.

11. Scene.
Vorige. Hans.

Hans (sehr vergnügt). Guten Abend.
Henny. Du bist aber lange weggeblieben. Nicht wahr, Claire? (Winkt ihr zu.)

Manuscript not for sale.

Clara (etwas übertrieben). Ja, sehr lange!

Henny. Claire war schon ganz unglücklich. Nicht wahr, Claire? (Spiel wie vorher.)

Clara. Ja, sehr unglücklich.

Henny. Sie hatte solche Sehnsucht nach Dir. Nicht wahr, Claire?

Clara. Ach ja!

Henny. Sie will Dich auch nie mehr allein nach Rednitz in die Traube lassen.

Hans. Was? Sie will?

Henny. Immer mitfahren. Nicht wahr, Claire?

Clara. Ja immer mit!

Hans. Mit an den Stammtisch?

Clara. Ja, Hänschen. Das nächste Mal nimmst Du mich mit.

Hans. Das wird ja immer besser. (Es klingelt.)

Henny. Mama klingelt und Christine ist nicht da. Ich will hören, was Mama wünscht. Du willst gewiß bei Deinem Hänschen bleiben.

Clara. Ach ja. (Zu Henny leise.) Nimm mich doch mit.

Henny. Aber ich lasse Dich nicht hier. Komm'!

Clara. Auf baldiges Wiedersehen, mein liebes Hänschen. (Wirft ihm ein Kußhändchen zu. Henny und Clara links I. ab.)

12. Scene.

Hans. (Dann) Friedrich.

Hans (ihr nachrufend). Das wird immer besser. Jetzt will sie sogar aus reiner Liebe mit mir kneipen.

Friedrich (durch die Mitte rechts). Süh so, Herr Hans, do bünn ick. Wat wöllen Se von mi?

Hans (sieht sich vorsichtig um). Willst Du zehn Mark verdienen?

Friedrich. Tein Mark? „Abers geern, seggt de lüttje Deern."

Hans (halblaut). Na, denn paß' auf. Jochen kommt gleich mit zwei fremden Herren vorgefahren. Du öffnest den Wagenschlag.

Friedrich. Un do — doför sall ick tein Mark hebben?

Hans. Wart's doch ab. Wir haben in der Traube den beiden Fremden aufgebunden, daß unser Haus der Gasthof zum weißen Hirsch ist.

Friedrich (lacht). Unser Huus en Gasthuus. „Dat's en Spaß, seggt Maaß."

Hans. Wenn Du den Wagenschlag geöffnet hast, sagst Du: „Willkommen im weißen Hirsch", und wenn sie Dich fragen sollten, wie der Wirth heißt, antwortest Du... (einen Namen suchend) Monsieur Pierre.

Friedrich. Mosjchö Peer. Scheun.

Hans. Du darfst aber keinem Menschen etwas davon verrathen.

Friedrich. Dat de Wirth hier Mosjchö Peer heet?

Hans. Ueberhaupt nichts. Auch nicht Deiner Christine.

Friedrich. Ne, ne!

Hans. Es soll eine Ueberraschung für meinen Vater sein.

Friedrich. Scheun.

Hans. Vor allen Dingen dürfen die beiden Fremden nicht erfahren, wo sie sich befinden. Hast Du verstanden?

Friedrich. Jawoll, Herr Hans.

Hans. Also sage einmal: „Willkommen im weißen Hirsch."

Friedrich. Willkommen im witten Hirsch.

Hans. Nicht „im witten Hirsch". Du mußt die paar Worte hochdeutsch sprechen.

Friedrich. Hochdütsch? „Dat's so'n Saak, seggt Knaak."

Hans. Höre mal ordentlich zu: „Will—kom—men im wei—ßen Hirsch. (Rasch.) Willkommen im weißen Hirsch."

Friedrich (ahmt nach). Will—kom—men im wei—ßen Hirsch. (Sehr rasch.) Willkommen im weißen Hirsch.

Hans. So ist's gut! Und wenn Du aus der Stube gehst, sagst Du immer: „Habe die Ehre". — Das macht sich sehr gut.

Friedrich. Hobe die Ehre. Dat macht sich sehr good.

Hans. Du sagst nur: „Habe die Ehre."

Friedrich. Hobe die Ehre.

Hans. Nicht hobe, habe die Ehre.

Friedrich. Ick segg jo: Hobe die Ehre.

Hans. Habe die Ehre.

Friedrich. Hobe die Ehre.

Hans. Habe.

Unverkäufliches Manuscript.

Friedrich. Hobe.
Hans. Ha —
Friedrich. Ho —
Hans. Ha —
Friedrich. Ho —
Hans. Meinetwegen: Hobe Du die Ehre. (Für sich.) Das wird ein köstlicher Spaß.

13. Scene.

Vorige. Pomperon. Marie. Henny. Clara.

Pomperon. Die junge Hopf laß' lang' wart' auf sick. (Zu Hans.) Ah, bist Du schon wieder da? (Zu Friedrich.) Was thust Du hier?

Hans. Ich habe ihm einen Auftrag gegeben, wegen der neuen Scheune.

Friedrich. Jawoll, wegen de nee Schün.

Hans (zu Friedrich). Es ist gut. Du kannst gehen. (Kleine Pause.)

Friedrich. Hobe die Ehre. (Mitte links ab. Kleine Pause.)

14. Scene.

Vorige (ohne Friedrich).

Pomperon (erstaunt). Die Frédéric schein' zu werd' ganz civilisirt. Habt Ihr gehört: (Ahmt ihm nach.) „Hobe die Ehre." —

Henny (lacht). Es war sehr komisch. (Alle lachen.)

Marie. Herr von Hopfen kommt heute gewiß nicht mehr. Es ist schon nach zehn.

Pomperon (sieht nach der Uhr). Wirklick nack zehn. Also geh' wir zu Bett. Gute Nacht, Henny. (Küßt sie.)

Henny. Gute Nacht, Papa.

Pomperon. Gute Nacht, Claire. (Küßt sie.)

Clara. Gute Nacht, Onkel.

Pomperon. Gute Nacht, Hans. Was ick Dir jede Abend sag', sag' ick Dir auck heut: Werd' vernünftig und laß' Deine dumme Streick.

Hans. Ja, Papa. Gute Nacht.

Clara (knixend). Gute Nacht, liebes Hänschen.

Hans (sie copirend). Gute Nacht, liebes Clärchen.

(Henny mit Clara ab links II. Pomperon mit Marie ab links I.)

15. Scene.

Haus (dann) **Friedrich.**

Hans. Jawohl, ich werde vernünftig werden, aber erst morgen... heut mack' ick noch eine dumme Streich. Wir haben in der Traube Herrn von Hopfen und seinen Freund kennen gelernt und ihnen eingeredet, Grömnitz sei noch ziemlich weit entfernt; sie sollten deshalb hier im weißen Hirsch einkehren. (Man hört einen Wagen rollen.) Da sind sie.

Friedrich. De Wagen kummt,

Hans. Rasch auf Deinen Posten. Weißt Du noch, was Du zu sagen hast?

Friedrich. Jawoll! Willkommen im weißen Hirsch. De Wirth heet Moschö Peer und ick hobe die Ehr'! (Ab Mitte rechts).

Hans (am Fenster). Da hält der Wagen. — Jochen knallt mit der Peitsche. Friedrich öffnet den Wagenschlag. Herr von Hopfen steigt aus und jetzt sein Freund. Sie zeigen auf das Schild. Friedrich spricht mit ihnen. Sie kommen. Schnell fort. (Mitte links ab.)

Pomperon (hinter der Scene). Frédéric — Frédéric!

16. Scene.

Pomperon.

Pomperon (sehr eilig im offenen Schlafrock von links I an's Fenster). Eine Wagen is gefahr' vor die Haus. Is doch noch gekomm' die junge Hopf. Merkwürdig, da is aber noch eine and're Mann. (Rustin's Zimmer links I.) Marie, lass' servir' die Souper!

Marie (hinter der Scene). Gleich, Alphonse, gleich.

17. Scene.

Pomperon. Friedrich. Kurt, Franz (beide sind in Pelzen und Pelzstiefeln, von Mitte rechts. Sie benehmen sich ungenirt, wie in einem Hotel. Hans sieht vorsichtig durch die Thür Mitte links).

Friedrich. Do is uns' Herr.

Franz (sich den Schnee abschüttelnd). Brrr. Guten Abend!

Kurt (ebenso). Guten Abend!

Manuscript not for sale.

Pomperon. Seien Sie mir willkomm', meine Herren. Entschuldigen Sie meine Schlafrock. Wir haben nickt geglaubt, daß Sie komm' noch so spät.

Kurt. Bitte, geben Sie uns ein Zimmer mit zwei Betten.

Pomperon. Zwei Bett'?

Kurt. Ja, für mich und meinen Freund. Sie haben doch ein Zimmer mit zwei Betten?

Pomperon. Oui, hab' ick eine große Stub' für die Fremd'.

Kurt. Na, also! Hoffentlich sind die Betten gut?

Pomperon (etwas erstaunt). Oui, sind sehr gut. Aber wollen Sie mir nickt sag' die Nam'?

Kurt. Von Hopfen.

Pomperon. Oui, oui, aber die And're?

Franz. Von Rundstädt.

Pomperon (Beiden die Hand gebend). Sehr angenehm! Ick werd' Alles aufbiet', um Ihnen zu mack' meine Haus so angenehm wie möglick.

Kurt. Das wollen wir hoffen. Aber jetzt gleich zu Bett.

Pomperon. Ohne zu hab' gegess' zu Nackt?

Kurt. Wir haben keinen Hunger.

Pomperon. Aber Sie müss' dock ein Wenig genieß'.

Kurt. Nein. Wir wollen nichts essen! Friedrich! Bitte, führen Sie uns nach unserm Zimmer.

Pomperon. Aber die Supp' wird schon aufgetrag'.

Kurt (erstaunt). Was für eine Suppe?

Pomperon. Gemüsesupp'.

Kurt und Franz. Gemüsesupp? Wir danken für die Suppe.

Pomperon. Wir hab' auck nock Ragout en coquille, eine Fisch —

Kurt (zu Franz). Er will uns durchaus ein Souper aufhängen. Wir wollen heute Abend nichts mehr essen. (Zu Friedrich.) Bitte, leuchten Sie uns.

Pomperon. Aber, so wart' Sie doch! Meine Frau komm' im Moment.

Kurt. Was sollen wir denn mit Ihrer Frau?

Pomperon. Was sie soll'? Ick muß Sie doch vorstell' meiner Frau . . . .

Kurt (gelangweilt, kurz aber nicht grob). Ach, langweilen Sie uns doch nicht mit Ihrer Frau. Wir sind müde.

Franz. Gute Nacht.

Kurt. Gute Nacht.

Friedrich (zu Pomperon). Hobe die Ehre. (Kurt, Franz und Friedrich mit dem Licht rechts ab.)

Pomperon. Gute Nackt. Ick soll ihn nickt langweil' mit meine Frau. Merkwürdig! – Ick hab' mir vorgestellt die junge Hopf ganz anders.

18. Scene.

Pomperon. Marie. Christine (von Mitte links, dann) **Friedrich.** (Später) **Kurt.**

Marie. Nun, wo ist der junge Mann?

Pomperon. Is nickt einer, sind zwei.

Marie. Zwei Herren von Hopfen?

Pomperon. Non, eine Hopf und eine --- Rundstück.

Marie. Wo sind sie denn?

Pomperon. Gegang' zu Bett.

Marie (sehr erstaunt). Ohne mich begrüßt zu haben? Hast Du nicht gesagt, daß ich gleich käme?

Pomperon. Oui, hab' ick, aber die junge Hopf wollt nix davon hör' und sag: Ick soll ihn nickt langweilen mit Dir. —

Marie (indignirt). Wie?

Friedrich (eintretend von rechts). Se wölt Grogg von Arrac hebben.

Marie. Grogg?

Friedrich. Von wegen be Küll un recht stief.

Kurt und Franz (hinter der Scene). Friedrich, Friedrich! (Man hört rechts klingeln.)

Unverkäufliches Manuscript.

Friedrich. Jo, ick kumm' all. (Ab rechts, Seite.)

Marie. Was mögen denn die Herren noch wollen?

Pomperon. Ick weiß nickt, aber werd' wir gleich hör'. (Friedrich kommt zurück.)

Marie. Nun?

Friedrich. De Een seggt, he will Christine hebben.

Marie (erstaunt) Was?

Friedrich. He is ganz fuchtig.

Kurt (hinter der Scene klingelt heftig). Wo bleibt denn das Mädchen?

Friedrich. Datt is he.

Marie (zu Christine). So geh' doch hinein.

Christine (furchtsam). He ward mi doch nix dohn?

Friedrich. Kumm man. Ick go mit Di.

Kurt (auftretend, zu Christine). Warum ist denn nur ein Bett überzogen?

Marie (indignirt). Weil wir nicht wissen konnten, daß Sie zwei gebrauchen.

Kurt. Aber darauf muß man immer vorbereitet sein! —

Pomperon. Immer vorbereitet. — Merkwürdig.

Marie (zu Christine). Gieb mir den Schlüssel.

Christine (geht an's Büffet und sucht). Jawoll.

Pomperon. Erlaub' Sie, daß ick Sie mack bekannt mit meiner Frau. —

Kurt (unterbricht ihn). Sehr angenehm, aber noch angenehmer wäre es mir, wenn wir den Grogg bekämen.

Friedrich (erschrocken). Herrjeh, den Grogg! (Läuft ab.)

Christine (kommt vor). Wo is denn de Slötel tum Linnenschrank?

Marie. Im Schlüsselkorb.

Christine. Ne, do is he nich.

Kurt. Eine nette Unordnung.

Marie (sieht ihn erstaunt an). Mein Herr! —

Friedrich (zurückkommend). Wi hewt keen Arrac in Huus

(Hans wird Mitte links sichtbar und lacht lautlos.)

Kurt. Sie haben keinen Arrac? Warum nicht?

Marie (spitz). Wir trinken keinen Grogg.

Kurt. Das haben Sie auch nicht nöthig, aber für Ihre Gäste müßte er doch da sein.

Pomperon. Sie können hab' etwas Anderes!

Kurt (in steigender Erregung bis zum Schluß). Wahrscheinlich Gemüsesuppe. Grogg möchten wir haben. Wir kommen, zu Eiszapfen gefroren, hier an, und weil Madame keinen Grogg zu trinken erklärt, können wir auch keinen kriegen. Natürlich, Sie haben keinen Arrac im Haus, der Schlüssel zum Leinenschrank ist nicht da, und wenn man Bedienung wünscht, muß man fast den Klingelzug abreißen. Behandeln Sie Ihre Gäste immer so? Das ist ja eine schöne Wirthschaft hier. Gute Nacht! (Ab.)

Marie
Pomperon } (sehen sich sprachlos an).

Friedrich (verbeugt sich).

(Vorhang fällt.)

Zweiter Akt.

(Dieselbe Dekoration, wie im ersten Akt.)

1. Scene.

Christine. Friedrich. (Dann) **Kurt.**

Christine (in einer Hand den Besen haltend, singt). „Ach, wie ist's möglich dann, daß ich Dich lassen kann"

Friedrich (einfallend). „Hob' Dir von Herzen lieb, das glaube mir."

Christine (spricht). Is dat aber ook woaraftig woar, Friedrich?

Friedrich. So woar, wie de Katt dat Muusen nich laten kann.

Beide (singen). Ach, wie ist's möglich dann..

Kurt. Daß Sie das nicht lassen können? Sind Sie hier engagirt, um die Gäste schon am frühen Morgen zu malträtiren?

Friedrich (verblüfft). Nee.

Kurt (zu Christine). Bringen Sie uns den Kaffee.

Christine. Den wölt Se doch nich hier drinken?

Kurt. Ja, warum denn nicht?

Friedrich. Weil de Annern den Kaffee do bünnen drinkt.

Kurt. Was geht das mich an? Wir wollen hier trinken. Sind denn noch mehr Leute hier?

Christine. O, noch en ganzen Barch.

Friedrich. Herrens und Damens.

Kurt. Damen auch?

Christine. Jawoll. De drinkt den Kaffee alltosaam in de grote Stuuv.

Kurt. Dann bleibe ich erst recht hier.

Friedrich. Segg in de Kök, dat se den Kaffee hier drinken wölt. (Will ab.)

Chriſtine (dumm lachend). Dat is aber 'ne ganz nee Mod, hier den Kaffee to drinken. (Ab Mitte links.)

Kurt (Friedrich zurückhaltend). Sagen Sie, wie heißt denn eigentlich der Wirth hier vom weißen Hirſch?

Friedrich. Vom witten Hirſch? Ja ſo! De heet: Moſchö Pèer. (Will ab.)

Kurt. Père heißt er?

Friedrich. Gewiß und woaraftig. So heet he alle Dag. (Verlegen, plötzlich). Hobe die Ehre. (Ab Mitte links.)

2. Scene.
Kurt. (Dann) Franz.

Kurt. Ein zu dummer Kerl.

Franz. Na, iſt der Kaffee da?

Kurt. Noch nicht. Iſt das hier eine langweilige Be= dienung.

Franz. Lieber Freund, wir ſind auf dem Lande. Allzu= viel Gäſte kommen gewiß nicht her. Dazu iſt die Verbindung zu ſchlecht.

Kurt. Mein Vater hätte auch etwas Beſſeres thun können, als mich auf die Brautſchau zu ſchicken.

Franz. Du biſt doch alt genug zum Heirathen und Henny Pomperon iſt ein hübſches Mädchen.

Kurt. Ob ſie mir gefallen wird, fragt ſich doch noch ſehr.

Franz. Schade, daß Du damals nicht auf dem famoſen Ball in Kiel mit ihr getanzt haſt, aber Du nahmſt ja Reißaus.

Kurt. Du weißt, ich bin verlegen, wenn ich mich einer jungen Dame in grande toilette gegenüber befinde.

Franz. Aber bei einem Mädel in ſchlichtem Kleide biſt Du dreiſt wie — Oskar.

Kurt. Ja, mit einem hübſchen, ehrlichen Mädchen in einfachem Kattun kann ich friſch von der Leber weg ſprechen. Fräulein Pomperon wird gewiß auch zu den Damen gehören, die mehr an ſich, als in ſich haben.

Franz. Im entſcheidenden Augenblick werde ich Dir zu Hülfe kommen. Dazu habe ich Dich ja begleitet.

Kurt. Ach Gott, wie aufopfernd! Als ob ich nicht wüßte, warum Du mitgefahren biſt. Du wollteſt Deine Claire wiederſehen.

Franz. Die leider ſo gut wie verlobt iſt.

__Unverkäufliches Manuſcript.__

Kurt. Verlobt ist noch lange nicht verheirathet. Die Hauptsache ist, daß Du bald wieder bei ihr bist. Gleich nach Tisch fahren wir nach Grömnitz. Dann findet sich das Uebrige.

Franz. Wie willst Du mich denn bei Pomperons einführen?

Kurt. Es wird sich schon ein Vorwand finden, Dich einzuschmuggeln.

Franz. Deine Schwiegereltern in spe sind Dir ja selber gänzlich unbekannt.

Kurt. Ja, ich habe keine blasse Ahnung, was das für Leute sind. Du kennst ja meinen Vater und seine Art und Weise. Er findet Alles so natürlich. (Nimmt einen Brief aus der Tasche.) Hier ist seine Marschordre. (Liest.) „Lieber Kurt! Du schreibst mir, was Du eigentlich in Grömnitz sollst? Heirathen sollst Du. Die Familie Pomperon ist Dir allerdings gänzlich unbekannt. Aber ich kenne sie. Und das genügt. Na, natürlich! Es wird hohe Zeit zur Hochzeit. Ich will nicht länger enkellos bleiben. Na, natürlich. Mir gefällt der Vater, warum soll Dir also die Tochter nicht gefallen? Ich habe ihm geschrieben, Du kommst am 5. Dezember, Abends 9 Uhr. Reise also sofort ab. Sei nicht schüchtern, sondern ein verfluchter Kerl wie Dein liebender Vater Carl." (Spricht.) Was sagst Du dazu? —

Franz. Na, natürlich! Dein Alter hat recht.

3. Scene.

Vorige. **Pomperon** (von links I). **Friedrich** (und) **Christine** (mit Kaffee, Gebäck u. s. w. von Mitte links).

Pomperon (reicht beiden die Hand). Guten Morgen, meine Herren.

Kurt und Franz (reservirt die Hand gebend). Guten Morgen.

Kurt. Endlich der Kaffee!

Pomperon. Meine Frau hat geglaubt, Sie würd' uns die Ehr' erzeig', da drinn' mit uns zu trink'.

Kurt. Wir danken, hier ist es viel ungenirter.

Pomperon. Hab' Sie gut geschlaf'?

Kurt. Vortrefflich.

Franz. Gegen Ihre Betten läßt sich garnichts einwenden.

Kurt. Aber gegen die Bedienung um so mehr.

Pomperon. Gegen der Bedienung?

Kurt. Ja, das geht Alles so schläfrig. Na, ich werde auch das Trinkgeld danach einrichten.

Pomperon. Bitte, geb' Sie keine Trinkgeld. Das leid' ick nicht.

Kurt. Erlauben Sie, das ist doch wohl meine Sache.

Pomperon. Is noch immer so kurz angebund' wie gestern Abend. (Zu Friedrich und Christine.) Ihr könnt geh'n.

Friedrich. Hobe die Ehre. (Christine und Friedrich, Mitte links ab.)

Kurt. Hören Sie, Verehrtester, Ihr Hausknecht mit seinem ewigen „Hobe die Ehre" kommt mir vor wie ein dressirter Pudel.

Pomperon. Meine Frédéric eine Pudel? Meine Frédéric is auch keine Hausknecht. Er is eine Diener.

Kurt (zu Franz). So? Diener, Hausknecht und Kellner in einer Person!

Franz (ironisch). Da sieht man doch gleich das feine französische Haus.

Pomperon (für sich). Die And're is viel artiger als die junge Hopf. (Laut.) Nehm' Sie Platz, der Kaffee wart'. (Franz setzt sich. Pomperon schenkt ein und nimmt seine Tasse.)

Kurt (Pause, in welcher er erstaunt zusieht). Der scheint mittrinken zu wollen.

Franz. Das ist jedenfalls hier so Sitte.

Pomperon (setzt sich). Greif' Sie zu. Die Kaffee, der Butter, der Brot sind fabrizirt unter die Aug' von meiner Frau.

Kurt (setzt sich). Ihre Gemahlin muß ja eine Musterfrau sein.

Pomperon. Is sie auch.

Franz. Haben Sie oft Besuch hier?

Pomperon. Nein, nicht viel.

Franz. Aber wozu haben Sie denn ein so großes Haus?

Pomperon. Für meine Familie und für mick selbst. Ick hab' eine Sohn und zwei filles.

Kurt. Zwei Viech? Ach so!

Pomperon. Die eine is verheirath', die and're noch nicht.

Franz. Wie alt ist denn die Unverheirathete?

Pomperon. Neunzehn Jahr.

Franz. Und hübsch?

Pomperon. Kann ick doch nicht sag' als Vater. (Zu Kurt.) Müss' selber seh' und urteil. Ick werd' Ihnen auch vorstell mein verheiratete Dokter.

Manuscript not for sale.

Franz. Ihren Doktor?

Pomperon. Oui, mein Dokter, der Major Rickter.

Kurt. Ihr Doktor ist Major?

Pomperon. Aber non. Mein Dokter hat geheirath' die Major Rickter, welcher is meine Schwiegersohn.

Kurt. Erlauben Sie mal. Wenn Ihr Doktor eine Majorin Rickter geheirathet hat, so ist er doch nicht Ihr Schwiegersohn.

Pomperon. Mein Dokter kann doch nickt sein eine Schwiegersohn. Ein Dokter sein doch immer eine Frau.

Kurt. Herrgott! Hören Sie auf mit dem confusen Zeug.

Pomperon. Aber, is ganz ricktig. Die Major Rickter is eine Mann und jeder verheiratete Dokter is eine Frau.

Kurt. Jeder verheiratete Doktor ist eine Frau? Das ist ja Unsinn!

Pomperon. Milles tonnères! Ist kein Unsinn. Das weiß doch eine ganz kleine Kind.

Kurt. Ich verbitte mir derartige Bemerkungen, mein lieber Herr Père.

Pomperon (erregt aufstehend). Ick bin nickt Ihre liebe père. Ick erwart', daß ick werd' behandelt mit Respekt von eine so junge Mann. Ick geh' jetzt, weil meine Blut kockt und weil ick nick will beleidigen eine Gast in meine Haus. (Erregt ab links I.)

4. Scene.

Vorige. (Ohne) Pomperon.

Kurt (nach einer kleinen Pause zu Franz). Was sagst Du zu unserm Hotelier? Weißt Du, was ich thue?

Franz. Nein, Du?

Kurt. Ich gehe in unser Zimmer und schreibe an meinen Vater, daß ich erst heute in Grömnitz eintreffe. Dann schnüren wir unsere Bündel und fahren ab, damit Du endlich zu Deiner Clara kommst.

Franz. Und Du zu Deiner Zukünftigen. Aber trinke erst noch eine Tasse Kaffee.

Kurt. Danke. Aber laß Du Dich nicht stören. So ein Schwachkopf behauptet in vollem Ernste, daß eine Majorin ein Mann und jeder verheiratete Doktor eine Frau ist. Ich gehe, denn meine Blut kockt auck. (Ab rechts.)

5. Scene.

Franz. (Dann) **Clara.**

Franz (setzt sich an den Tisch, trinkend). Mir ist die Geschichte auch unbegreiflich. Was Claire wohl für Augen machen wird, wenn ich mit Kurt nach Grömnitz komme. Sie hat keine Ahnung davon. Nur noch wenige Stunden und ich sehe sie wieder.

Clara (welche etwas früher eintrat, leise). Franz!

Franz (aufspringend, sehr erstaunt). Cläre, Du hier? (Umarmt sie.) Wie kommst Du denn in dieses Wirthshaus?

Clara (erstaunt). In dieses Wirthshaus? Ich verstehe Dich nicht. — Wo glaubst Du denn zu sein?

Franz. Na! Im weißen Hirsch.

Clara (erstaunt). Im weißen Hirsch? — Jetzt verstehe ich Dich erst recht nicht.

Franz. Mein Freund Kurt, den Du ja kennst, wollte nach Grömnitz. Ich begleitete ihn, um Dich zu sehen und zu sprechen. Wir kamen gestern Abend in der Gastwirthschaft zur Traube in Rednitz an, wo uns ein junger Mann den in der Nähe gelegenen weißen Hirsch empfahl. Er überließ uns sogar seinen Wagen, weil unsere Pferde nicht weiter konnten. Na, und seit gestern Abend sind wir nun hier, im weißen Hirsch.

Clara (lächelnd). Hier im weißen Hirsch? Wie sah der junge Mann aus? War er blond?

Franz. Ja!

Clara. Schlank?

Franz. Ja!

Clara. Hatte er ein gutmüthiges Gesicht?

Franz. Sehr gutmüthig.

Clara (lachend). Dann versteh' ich Alles. Nein, das ist zu komisch. Ihr seid ja hier in Grömnitz. Mein Onkel Pomperon wird sich ja sehr freuen, daß Ihr ihn für einen Gastwirth haltet.

Franz. Wir sind hier bei Deinem Onkel Pomperon? Und nicht im weißen Hirsch? Herrgott, das ist eine tolle

Sache. — Wenn Kurt das erfährt, die Blamage! Er reist auf der Stelle ab.

Clara (erschrocken). Er reist ab? Aber dann kannst Du ja auch nicht bleiben.

Franz. Ich wüßte wenigstens keine Veranlassung.

Clara. Und ich hatte mich so gefreut, als mir meine Tante erzählte, daß ein Herr von Rundstädt mitgekommen sei.

Franz. Aber was nun?

Clara (nach einer Pause). Halt! Wir müssen Deinen Freund in dem Glauben lassen, daß er sich im „Weißen Hirsch" befindet.

Franz. Ich mag Kurt nichts vorlügen.

Clara. Das sollst Du auch nicht. Schweige nur. Aber wird Hans schweigen.

Franz. Wer ist Hans?

Clara. Dein Nebenbuhler, Hans von Haberstroh, der Euch den weißen Hirsch aufgebunden hat.

Franz. Ach der! Dein Haberstroh-Bräutigam soll mich kennen lernen. Ich werde ihn —

Clara. Du wirst ihn äußerst liebenswürdig behandeln und heucheln wie ich. Er muß uns helfen. Still, es kommt Jemand.

Franz. Das ist Kurt.

Clara. Veranlasse ihn, gleich fortzugehen. Ich komme wieder. Adieu. Sei schlau —! (Ab durch die Mitte links.)

Franz. Adieu.

6. Scene.

Franz. Kurt (von Mitte rechts).

Kurt. Ein reizendes Geschöpf.

Franz (erstaunt). Wer ist reizend. (Für sich.) Meint er Claire?

Kurt. Ich habe eben ein junges Mädchen gesehen, als ich an der Küche vorüberging. Ein entzückendes Gesicht und ein paar Augen. Ich bin ganz begeistert.

Franz. Von der schönen Dame? —

Kurt. Es ist keine Dame. Sie gehört sicher zum Hotel=Personal. Sie stand am Heerd und sah in ihrem einfachen Kattunkleid aus wie ein Genrebild.

Franz. Kattun? Na ja, das ist Dein Genre.

Kurt. Ich muß sie wiedersehen.

Franz. Mensch, Du bist ja der reine Romeo. Sehen und gleich lieben.

Kurt. Franz, spotte nicht, ich wünschte, sie wäre meine Julia.

Franz. Schön, aber lassen wir die reizende Küchenfee. Hast Du schon an Deinen Vater geschrieben?

Kurt. Nein, noch nicht. — (Aergerlich.) Es ist kein Schreib=zeug in meinem Zimmer.

Franz. Hier steht ja ein Tintenfaß. (Beide gehen nach hinten.)

7. Scene.

Vorige. Friedrich.

Friedrich (ohne sie zu sehen). Frölein Pomperon, sünd Se da?

Kurt (erstaunt). Wer soll hier sein?

Friedrich (verlegen). Dat Frölein.

Franz (hustet, um Kurt's Aufmerksamkeit abzulenken).

Kurt. Was für ein Fräulein?

Friedrich (stotternd). Frölein Pom—pom— pomperon. — „O je, o je! Dat is 'ne scheun Tass' Thee." Hobe die Ehre. (Ab Mitte links.)

8. Scene.

Vorige. (Ohne) Friedrich.

Kurt (ganz consternirt). Fräulein Pomperon ist hier?

Franz (für sich). Jetzt muß ich mich herauslügen. (Laut.) Ja, seit gestern Abend. Ich habe es eben erfahren und wollte es Dir gerade erzählen. Sie hatte gestern einen Besuch in der Umgegend gemacht. Aber bei dem Schneewetter und in der Dunkelheit konnte ihr Wagen auf dem Rückwege nach Hause nicht weiter. Und so mußte sie hier übernachten.

Manuscript not for sale.

Kurt. Von wem hast Du denn das erfahren?

Franz. Von wem? — Von ihr selber. Sie kam vorhin in dies Zimmer. Ich erkannte sie gleich wieder.

Kurt. Wie lange will sie denn bleiben?

Franz. Das weiß ich nicht. Sie wollte gleich zurück= kommen und mir Bescheid sagen, wann sie reist.

Kurt. Fräulein Pomperon hier! Ich bin außer mir.

Franz. Geh' lieber in Dich.

Kurt. Ich bitte Dich, erkundige Dich, wann sie reist.

Franz. Sofort. (Für sich.) Ich muß mit Claire sprechen. Hoffentlich finde ich sie. (Ab Mitte links.)

9. Scene.

Kurt. (Dann) **Hans** (von Mitte rechts).

Kurt (ruft ihm nach). Muß sie auch gerade hier mit uns zusammentreffen.

Hans (will, Kurt bemerkend, abgehen).

Kurt. Ah, mein Herr, sehen wir uns schon wieder?

Hans. Ich bin vor einer Stunde angekommen. Na, gefällt es Ihnen im weißen Hirsch?

Kurt. Ganz und gar nicht.

Hans. Oh, das thut mir leid. Ich habe noch nie einen Gast klagen hören.

Kurt. So! Logiren Sie hier oft?

Hans. Immer, wenn ich in dieser Gegend bin.

Kurt. So? Na, ich bin einmal in diesem Gasthof ein= gekehrt und nie wieder. Ich reise so bald als möglich ab.

Hans. Vielleicht besinnen Sie sich und bleiben doch noch. Hoffentlich sehen wir uns noch heute Abend.

Kurt. Heute Abend bin ich über alle Berge.

Hans. Schade, das Souper ist ausgezeichnet. Namentlich die Gemüsesuppe.

Kurt. Das ist Geschmackssache.

Hans. Ich habe wohl noch das Vergnügen. Bleiben Sie doch noch einige Zeit hier. Es wird Ihnen schon ge= fallen und, wie gesagt, das Souper ist wirklich aus= gezeichnet. (Mitte rechts ab.)

10. Scene.

Kurt. (Dann) **Clara** (links II).

Kurt. Der bekommt wahrscheinlich für jeden Fremden, den er hierher empfiehlt, Provision. —

Clara (stutzt). Verzeihen Sie, ich suche Herrn von Rundstädt, um ihm Bescheid zu sagen.

Kurt. Bescheid? (Für sich.) Das ist Fräulein Pomperon. (Laut, verlegen.) Herr von Rundstädt ist nicht hier.

Clara (lächelnd). Das sehe ich.

Kurt. So, das sehen Sie. (Nach einer Pause.) Erlauben Sie, daß ich mich Ihnen vorstelle?

Clara. O, ich kenne Sie schon, Herr von Hopfen.

Kurt (verlegen). Sie kennen mich schon, Herr von Hopfen?

Clara (lächelnd). Per Renommée.

Kurt (immer verlegener). So? Das thut mir leid.

Clara. Wie?

Kurt. Ich meine — der Unfall thut mir leid, von dem Sie gestern Abend betroffen worden sind.

Clara. Der Unfall? — Ja wohl. (Setzen sich rechts.)

Kurt (nach einer Pause). Es war gestern Abend (kleine Pause) sehr finster.

Clara. Ja wohl — sehr finster.

Kurt. Sie haben sich gewiß geängstigt?

Clara (für sich). Geängstigt, im Finstern? (Laut.) Ja, ich hatte etwas Angst. (Für sich.) Was mag ihm Franz nur erzählt haben?

Kurt. Ich weiß mich eines ähnlichen Schneegestöbers nicht zu erinnern.

Clara. Ich auch nicht. (Pause.)

Kurt. Wir hatten gehofft, schon gestern Abend bei Ihnen in Grömnitz einzutreffen, und wenn das Schneegestöber nicht gekommen wäre, dann — dann — aber wie gesagt, das — Schneegestöber war zu stark und — so ein Schneegestöber, (für sich) Herrgott, ich komme aus dem Schneegestöber gar nicht mehr heraus. (Kleine Pause.)

Clara (für sich). Eine kühle Unterhaltung. Ich muß ihm zu Hülfe kommen. (Laut.) Wollen Sie sich längere Zeit in Grömnitz aufhalten?

Unverkäufliches Manuscript.

Kurt. Ich hoffe nicht.
Clara. Wie? Sie hoffen nicht?
Kurt. Das heißt, ich glaube nicht, daß ich — daß meine Geschäfte dort allzulange dauern werden.
Clara. Ah, Sie haben Geschäfte bei uns in Grömnitz?
Kurt. Ja. (Für sich.) Gottlob, sie weiß nichts von dem Heirathsprojekt.
Clara (nach kleiner Pause). Wie lange wollen Sie noch hier bleiben?
Kurt. Das hängt ganz von Ihnen ab.
Clara. Von mir?
Kurt. Ja. (Nimmt aus Verlegenheit die leere Tasse von Franz und trinkt scheinbar.) Wann wollen Sie reisen, Fräulein Pomperon?
Clara (für sich). Er hält mich für Henny. (Laut.) Ich denke, wir werden bald abreisen können.
Kurt (erleichtert). Hoffentlich.
Clara. Gefällt es Ihnen hier nicht?
Kurt (nimmt ein Stück Zucker). Gewiß, wie Sie befehlen. Das heißt — ich möchte nicht allzu lange bleiben — wenigstens nur so lange, bis Sie — bis ich nicht mehr hier bin. (Für sich.) Gott steh' mir bei, was rede ich für Unsinn.
Clara (für sich). Ich will ihn erlösen. (Steht auf.)
Kurt. Wollen Sie schon gehen?
Clara. Ja, ich muß.
Kurt. Gott sei Dank.
Clara. Was?
Kurt. O nein, ich — ich meinte nur (in äußerster Verlegenheit, plötzlich) Habe die Ehre.
Clara (lachend links 2 ab).

11. Scene.

Kurt. (Dann) **Franz** (von Mitte rechts).

Kurt (allein). Die muß eine schöne Meinung von mir bekommen haben. (Franz tritt ein.) Du, das war eine schreckliche Viertelstunde. (Giebt ihm den Zucker.) Da!
Franz. Was ist denn passirt?
Kurt. Fräulein Pomperon war hier.
Franz. Fräulein Pomperon?

Kurt. Ja. Wo stecktest Du denn? Es war mir sehr peinlich, mit ihr allein zu sein. Und die hältst Du für hübsch? Sie hat ja rothblondes Haar.

Franz (für sich). Ah, das war Claire.

Kurt. Sehr klug scheint sie auch nicht zu sein.

Franz. Erlaube —

Kurt. Sie kann sich nicht einmal ordentlich unterhalten. Hätte ich nicht so fließend gesprochen, säßen wir noch im Schneegestöber. Wenn ich es nicht Deinetwegen thäte, reiste ich gar nicht nach Grömnitz, — denn Fräulein Pomperon begeistert mich nicht für den Ehestand.

Franz (ihn neckend). Du, Kurt, mir gefällt sie ganz außerordentlich.

Kurt (hat das Tintenfaß genommen). Dann heirathe Du sie. (Rechts ab.)

Franz. Das werde ich auch. Na, Claire wird sich ja sehr freuen, wenn ich ihr den Eindruck schildere, den sie auf Kurt gemacht hat.

12. Scene.

Franz. Marie. Clara. Hans.

Marie (von links 1). Ah, Herr von Rundstädt, allein, ohne Ihren Freund?

Franz. Ja, gnädige Frau, er ist eben fortgegangen.

Hans (für sich). Da ist der Andere.

Franz (leise zu Clara, während Marie mit Hans spricht). Du hast einen überwältigenden Eindruck als Fräulein Pomperon gemacht.

Clara (leise zu Franz). Pst! Vorsichtig.

Marie (vorstellend. Hans thut absichtlich fremd). Mein Sohn Hans. Herr von Rundstädt, der sich in unserer Gegend ankaufen will.

Hans. Aeußerst angenehm.

Franz. Gleichfalls.

Hans (für sich). Er will mich nicht kennen.

Clara. Häuschen, Du siehst ja ganz erhitzt aus?

Hans (brummend). Ach, laß mich zufrieden.

Manuscript not for sale.

Marie (zu Franz). Die Kinder necken sich immer, aber was sich liebt ...

Clara. Das neckt sich. — Nicht wahr, liebes Hänschen?

Hans. Laß' mich in Ruhe.

Marie. Aber Hans!

Franz (für sich). Wie der Schelm sich verstellen kann.

Marie. Sie werden sich hier auf dem Lande recht einsam fühlen.

Franz. O, gnädige Frau, ich bin des Stadtlebens herzlich müde.

Clara! Ich mag die Stadt auch nicht. Nicht wahr, liebes Hänschen, wir bleiben immer auf dem Lande?

Friedrich (eintretend, von Mitte rechts). De gnädige Herr will de gnädige Froo spreeken. De gnädige Froo sall in de Wohnstuuw op'n gnädigen Herrn töben. De gnädige Herr is bannig fünsch, denn he sprikt franzeusch — mit sick selbst.

Marie (zu Friedrich). Schon gut — ich komme.

Friedrich (für sich). Dat giwt en Malör! (Laut.) Hobe die Ehr'... (Ab, Mitte links.)

Marie. Verzeihen Sie, Herr von Rundstädt. — Auf Wiedersehen. (Ab, links 1.)

Clara. Tante, ich gehe mit. Wenn ich Dich nicht so lieb hätte, würde ich recht böse auf Dich sein, Hänschen. (Wirft Franz ein Kußhändchen zu — als Hans das sieht, thut sie, als gälte ihm der Kuß, dann ab.)

Hans. Gott sei Dank, daß ich sie los bin... Sie sind ein famoser Kerl. Ich hatte schon Angst, daß Sie mich verrathen würden. Wir müssen Freunde werden. (Schüttelt ihm sehr kräftig die Hand).

Pomperon (hinter der Scene). Milles tonnères! —

Hans. Da kommt der Alte. Jetzt giebt's wieder einen Spaß.

13. Scene.

Vorige. Pomperon (von Mitte rechts).

Pomperon. Herr von Rundstück, Ihre Freund bringt mich immer mehr mehr in große Zorn. Ick hab' mir laß' gefall', was menschenmöglich, aber nun ist die Maaß voll.

Hans (lacht heimlich).

Franz. Was ist denn schon wieder geschehen?

Pomperon. Als ick geh' aus die Stub', um zu treff' meine Frau, kommt Ihre Freund, sagt, ick soll' laß mehr heiz' in seine Zimmer und nennt mick eine ganz unaufmerksame Wirth. Das war mir zu viel. Ick verlier' endlick die Geduld und sag' ihm eine Grobheit. Er sag' mir wieder eine Grobheit, wir uns beid' sag' nock viel mehr Grobheit, bis ick endlich lauf weg.

Franz. Mein Freund ist leider manchmal ein wenig heftig.

Pomperon. Das nenn' Sie eine wenig? Ihre Freund ist eine Grobian. Er is nock viel schlimmer. Er is keine Cavalier, — er is eine Zuave, — er is eine Türko. (Ab links l.)

14. Scene.

Vorige (ohne) Pomperon.

Hans (wirft sich lachend auf den Sessel). Ich kann nicht mehr. Dadurch, daß Sie mir den Scherz nicht verdorben, haben Sie in mir einen treuen Freund gewonnen. Man muß mich nur zu nehmen wissen. Hier im Hause versteht mich Niemand.

Franz. Auch Fräulein Claire nicht?

Hans. Die peinigt mich mit ihrer Liebe.

Franz. So, ist sie in Sie verliebt?

Hans (geheimnißvoll). Haben Sie nicht bemerkt, wie sie immer hinter mir her ist? Ich soll sie ja heirathen, aber das paßt mir nicht. Wüßte ich nur einen Ausweg.

Franz. Es müßte sie Ihnen Jemand abspänstig machen.

Hans. Aber wer?

Franz. Ich! —

Hans. Das Opfer kann ich wirklich nicht annehmen.

Franz. Sie müssen es sogar, denn ich liebe Fräulein Claire.

Hans. Sie haben sie ja kaum gesehen. Sind Sie aber feurig. Na, ich helfe Ihnen.

Franz. Doch wird Ihre Mutter das Heirathsprojekt aufgeben?

Hans. Sie muß es, wenn ich mich ganz einfach mit einer Anderen verlobe. Für Sie thue ich Alles. (Umarmt ihn.) Freund — Bruder! (Umarmt ihn nochmals.) Die werden sich wundern. (Ab.)

Franz. Seine Liebkosungen sind lebensgefährlich.

Unverkäufliches Manuscript.

15. Scene.

Franz. Clara.

Clara (von links 1 eintretend). Hast Du mit Hans gesprochen?
Franz. Ja, er hat mir eingestanden, daß Du bis über beide Ohren in ihn verliebt bist.
Clara. War er wirklich so dumm?
Franz (freudig). Ja, aber er verzichtet auf Deine Hand.
Clara. Und meine Tante.
Franz. Laß Dir erzählen.
Clara. Nicht hier. Im kleinen Gartenzimmer sind wir ganz ungestört.
Franz. Claire, Herzensschatz, halte mich fest, (umarmt sie) sonst fall' ich um vor Glück. (Küßt sie energisch, dann Beide Mitte rechts ab.)

16. Scene.

Christine (welche den Kuß gesehen hat, von Mitte links, dann) **Henny** (in einfacher Haustoilette von Mitte links).

Christine. He het se küßt. Dat hew ick dütlich sehn. (Zu der eintretenden Henny). Frölein, denken Se sick, dee een von de fremden Mannslüt hett Frölein Claire küßt.
Henny (für sich). Ah, schon so weit, Herr von Rundstaedt. (Laut.) Unsinn. Du hast Dich geirrt.
Christine (sie copirend). Geirrt? Dat hett ja ordentlich knallt. – Und se hett ganz still hollen.
Henny. Laß mich mit Deinem Geschwätz in Ruhe und halte den Mund. Was wolltest Du mir denn eben erzählen?
Christine. Ja, ick meen, ick sall den Mund hollen und denn kann ick ja doch nix vertellen.
Henny. So hör' doch endlich auf. Was willst Du? Sprich!
Christine. Ick sall uphören und sprecken? Een Deel kann ick blos dohn.
Henny. Nun ist's aber genug.
Christine. Ick hew jo noch gar nix seggt.
Henny. Warum bist Du hereingekommen? So sprich endlich!

Christine. Na, denn man jüh: (Geheimnißvoll.) Min Friedrich hett mi seggt, de beiden Stadtminschen weet nich, dat se hier in Grömnitz sünd.

Henny. Sie wissen nicht, daß sie in Grömnitz sind?

Christine. Nee, se glöwt, dat düt Huus een Wirthshuus es und de witte Hirsch heet. Herr Hans heet jem dat obbund'n, un Friedrich hett em dabi holpen.

Henny. Das hat Friedrich Dir erzählt?

Christine. Jo, mien Friedrich. Aber he hett mi up de Seel' bun'n, Niemand wat davon to seggen. Ick hew em dat ook hoch un hilig versproken un segg dat natürlich keenen Minschen.

Henny (für sich). Ah, jetzt wird mir das Benehmen des Herrn von Hopfen klar.

Kurt (hinter der Scene). Kann man denn hier keine Bedienung haben?

Christine. Do kummt de Anner.

Henny. Rasch fort und sage Niemandem, was Du weißt.

Christine. Nee, keenen Minschen. Ick bün ja so verswiegen. Häwt Se dat nich markt. (Mitte links ab.)

Henny (links 2 ab).

17. Scene.

Kurt. (Dann) Hugo.

Kurt (von rechts). Was ist das für eine Wirthschaft hier? Kein Mensch läßt sich sehen. He, Friedrich!

Hugo (in einem großen Buch lesend, tritt Mitte rechts ein).

Kurt (für sich). Wer ist denn das? (Laut.) Mein Herr!

Hugo (klappt das Buch zu). Verzeihen Sie, ich habe mir nur dieses Buch aus meinem Zimmer geholt.

Kurt. So? Sie wohnen auch hier?

Hugo. Ja, mein Herr.

Kurt. Also ein Leidensgefährte?

Hugo. Wie? Leidensgefährte!

Kurt. Wie kann man nur hier logiren?

Hugo. Wie meinen Sie?

Kurt. Ich kann mich an diese merkwürdige Wirthschaft hier nicht gewöhnen.

Manuscript not for sale.

Hugo. Eine merkwürdige Wirthschafterin?

Kurt. Fühlen Sie sich etwa bei solcher Behandlung wohl?

Hugo (nimmt ihn bei Seite). Haben Sie nicht auch bemerkt, daß man mich nicht sehr taktvoll behandelt?

Kurt (lacht ironisch). Nicht sehr taktvoll? Und dafür haben Sie keine andere Bezeichnung? Warum lassen Sie sich denn das gefallen? Wettern Sie doch mal tüchtig los, wenn man Ihre Wünsche nicht respektirt?

Hugo. Das kann ich leider nicht.

Kurt. So lernen Sie es von mir. (Ruft laut und klingelt.) Friedrich! Wo steckt denn der dumme Kerl? Ich will eine Tasse Thee haben.

Hugo. Den Ton dürfte ich mir als ein armer Verwandter des Hauses nicht erlauben.

Kurt. Ach so, Sie gehören zur Familie und helfen wohl gar in dieser Musterwirthschaft? —

Hugo. Ja, ich mache mich nützlich, wo ich kann.

Kurt. Dann sind Sie eigentlich mitschuldig.

Hugo. Mein Herr, ich möchte doch bitten . . . .

Kurt (sehr ruhig). Nein, ich möchte bitten, daß ich eine Tasse Thee bekomme. So bekümmern Sie sich doch darum.

Hugo (entrüstet). Ich soll mich um Ihren Thee bekümmern?

Kurt. Sie scheinen ebenso langweilig zu sein, wie Ihre Verwandten. Bitte, besorgen Sie mir wenigstens meine Rechnung.

Hugo (perplex). Ich soll Ihre Rechnung besorgen?

Kurt (energisch). Ja, ich will bezahlen.

Hugo (immer erstaunter). Sie wollen bezahlen?

Kurt (noch lauter). Ja, si, oui, jes! Verstehen Sie auch kein Deutsch?

Hugo (energisch). Mein Herr, ich erkläre Ihnen —

Kurt (etwas geärgert). Nein, ich erkläre Ihnen, daß Sie mich langweilen.

Hugo (außer sich). Ach, das ist denn doch — Sie, Sie haben — Sie müssen — oh! Ich bin gewiß nicht empfindlich — aber das ist zu viel! (Mitte links ab.)

Kurt. Das ist wirklich, um toll zu werden! (Klingelt heftig.) Friedrich, Wirthschaft! Giebt es denn gar keinen vernünftigen Menschen hier?

18. Scene.

Kurt. Henny.

Henny. Da bin ich.

Kurt (überrascht, für sich). Da ist sie! Meine reizende Küchenfee.

Henny. Sie wünschen, mein Herr?

Kurt. Friedrich, den Kellner.

Henny. Der ist augenblicklich beschäftigt. Er — er rollt Wäsche.

Kurt. Wäsche rollt er?

Henny. Was befehlen Sie?

Kurt. Ich bitte um eine Tasse Thee.

Henny. Ich werde Ihnen den Thee schicken.

Kurt. Schicken? Ich denke, der Kellner rollt Wäsche.

Henny. Dann werde ich den Thee bringen. (Will gehen.)

Kurt. Das hat keine so große Eile.

Henny (will gehen). Es schien mir aber doch so.

Kurt. O, ich kann noch warten. Bitte, bleiben Sie. Sie sind wohl hier im Hause angestellt?

Henny (knixt). Ja, — als Wirthschafterin, zu dienen.

Kurt (für sich). Ein entzückendes Geschöpf. (Laut zu Henny, welche fortgehen will.) Ach, bleiben Sie doch.

Henny. Haben Sie noch etwas zu befehlen?

Kurt (um sie zurückzuhalten). Ja.

Henny (bleibt an der Thür stehen). Dann bitte.

Kurt (geht zu ihr bis an die Thür). Warum eilen Sie denn so? Fürchten Sie sich vor mir?

Henny. O nein.

Kurt. Sie hätten auch gar keinen Grund dazu. Sie sind zwar ein hübsches Mädchen —

Henny. Ich bin gar nicht hübsch.

Kurt. Das muß ich doch besser wissen. Darauf verstehe ich mich.

Henny. So?

Kurt. Gewiß. Sie sind sogar sehr hübsch. Und Sie haben, was mir besonders gefällt, so treue, ehrliche Augen. Sind Sie schon lange in diesem Hotel?

Unverkäufliches Manuscript.

Henny. Ich bin hier geboren.

Kurt. Hier, im Hause?

Henny. Nein, unten im Dorfe.

Kurt. So? Im Dorfe? Sie sind gewiß die Tochter des Pastors oder Schulmeisters?

Henny. Ganz recht, des Schulmeisters. Aber nun erlauben Sie wohl, daß ich gehe. (Will ab.)

Kurt. O, bitte, bleiben Sie.

Henny. Sie wünschen?

Kurt. Wissen Sie, daß der weiße Hirsch in meiner Achtung steigt?

Henny (mit leichter Ironie). Sehr schmeichelhaft — für den weißen Hirsch.

Kurt. Sie sind die Erste hier im Hause, die mir sympathisch ist. Sie könnten mich sogar mit diesem Gasthof aussöhnen.

Henny. Ist das so schwer?

Kurt. Ja, sehr schwer. Aber für einen freundlichen Blick aus ihren Rehaugen, für ein liebes Wort von Ihnen, würde ich den weißen Hirsch für einen Gasthof ersten Ranges halten, mit einem Stern, (auf ihre Augen deutend) mit zwei Sternen.

Henny. Das ist ja sehr freundlich.

Kurt. Ich verpflichte mich sogar, den weißen Hirsch für das beste Hotel der civilisirten Welt zu erklären — für einen Kuß.

Henny (kurz). Mein Herr. — Adieu.

Kurt (tritt ihr in den Weg). Aber ich bitte Sie, ist denn Küssen eine Sünde?

Henny. Ja. —

Kurt. Und doch besingen die größten Dichter den Kuß. Würden Sie Shakespeare kennen —

Henny. O, den kenne ich.

Kurt. So? Wahrscheinlich durch Vermittlung Ihres Vaters?

Henny. Des Schulmeisters. — Ganz recht.

Kurt. Dann kennen Sie auch Romeo und Julia. Romeo lernt seine Julia kennen, verliebt sich und küßt sie in der ersten Viertelstunde.

Henny. Aber ich bin doch —

Kurt (rasch fortfahrend). Seine glühende Empfindung bringt eine plötzliche Wechselwirkung hervor, die alle Schranken durchbricht — und sie erwidert seinen Kuß.

Henny. Mein Herr, Sie sind — durchaus nicht schüchtern und ich bin — keine Julia.

Kurt. O, ich wollte Sie nicht beleidigen. Sie halten mich für zudringlich. Lernen Sie mich nur erst näher kennen, und Sie werden einsehen, daß ich es wirklich nicht bin. Ich wollte zwar heute noch abreisen —

Henny. So schnell?

Kurt. Ja. Kennen Sie ein Fräulein Pomperon?

Henny (lächelnd, ironisch). Ja, die kenne ich.

Kurt. Sie wohnt ja auch hier.

Henny. Ja, die wohnt auch hier.

Kurt. Diese Dame müßte ich eigentlich nach Grömnitz begleiten — aber nun ich Sie gesehen habe, bleibe ich hier. Ich reise auf keinen Fall.

Henny. Aber Fräulein Pomperon wäre eine sehr nette Reisebegleitung.

Kurt. Kennen Sie sie so genau?

Henny. Sehr genau. Mein Vater —

Kurt. Der Schulmeister?

Henny. Ganz recht — mein Vater hat sie erzogen. Wir sind an einem Tage geboren, getauft und confirmirt.

Kurt. Ach!

Henny. Ja!

Kurt. Na, vielleicht heirathen Sie noch an einem und demselben Tage.

Henny (lachend). Das ist wohl möglich. Soll ich vielleicht Fräulein Pomperon sagen, daß sie ohne Sie nach Grömnitz fahren soll? Die wird sich aber wundern!

Kurt. Meinetwegen. Ich habe sie zwar nur flüchtig gesehen und gesprochen, aber sie interessirt mich garnicht.

Henny. Sie haben sie gesehen und gesprochen? Wo denn?

Kurt. Hier in diesem Zimmer.

Henny (für sich). Er hat mich gesehen, ohne daß ich dabei war.

Kurt. Ich habe nie für Blondinen geschwärmt und sie ist mir zu blond.

Manuscript not for sale.

Henny. Blond? (Für sich.) Das war Claire. (Laut.) Aber das blonde Fräulein ist doch sehr hübsch.

Kurt. Sie sind tausendfach hübscher.

Henny. Nein, Fräulein Pomperon ist hübscher als ich.

Kurt. Bitte, sprechen wir nicht mehr von ihr. Ich weiß nicht, wie die Sympathie, die mich zu Ihnen hinzieht, so plötzlich über mich gekommen ist, aber sie ist da. Ich habe noch niemals so offen und ehrlich mit einem Mädchen gesprochen, wie zu Ihnen. Wenn Ihr Herz frei ist, bleibe ich hier und Sie lernen mich näher kennen. Darf ich bleiben? Wollen Sie mir vertrauen?

Henny (nach kleiner Pause). Ich will es mir überlegen.

Kurt. Und wann wollen Sie mir Antwort geben?

Henny (nach kleiner Pause). Sobald Fräulein Pomperon abgereist ist. (Schnell links II ab.)

19. Scene.

Kurt. (Dann) **Franz.** (Später) **Pomperon, Marie** (und) **Friedrich.**

Kurt (allein). Sobald Fräulein Pomperon abgereist ist. Franz muß sofort mit ihr nach Grömnitz fahren und ich bleibe hier. Wenn diese reizende Schulmeisters=Tochter „ja" sagt, wird sie geheirathet und Fräulein Henny kann sich einen anderen Dummen suchen. (Zu dem Mitte rechts eintretenden Franz.) Franz, ich habe sie wiedergesehen und gesprochen.

Franz. Wen? Deine Küchenfee?

Kurt. Ja, meine Fee, denn das ist sie. Und nun mußt Du mir einen Gefallen thun. Du mußt sofort mit Fräulein Pomperon abreisen. (Marie und Pomperon treten von Mitte links ein.) Ich bleibe hier.

Pomperon. Was?

Franz. Aber erkläre mir doch —

Kurt. Dazu ist jetzt keine Zeit. Fräulein Pomperon muß schleunigst verschwinden.

Pomperon (entsetzt für sich). Henny soll verschwind'?

Franz. Aber ich kann sie doch nicht zwingen.

Kurt. Wende alle Mittel an, sie in den Wagen zu bringen. Friedrich spann' an. Fräulein Pomperon muß fort und ich bleibe.

Pomperon. Was soll das heiß'? Sie woll' ?
Kurt. Ich wollte abreisen — aber jetzt, jetzt bleibe ich.
Pomperon. Non, Sie bleib' nicht.
Kurt. Oui, ick bleib' dock!
Pomperon (zornig). Non, non, non, non.
Kurt (ahmt ihm nach). Dock, dock, dock, dock. (Zu Franz.) Fort mit der Pomperon. (Zu Pomperon, ihn umarmend.) Bei Ihnen habe ich mein Glück gefunden.
Pomperon (sich losmachend). Und verlor' seine Verstand.
Friedrich (sehr laut). Hobe die Ehre.

(Der Vorhang fällt.)

Unverkäufliches Manuscript.

Dritter Akt.

(Dieselbe Dekoration).

1. Scene.

Henny. Clara.

Henny (hat Clara am Ohrläppchen). Hierher, Du Sünderin, beichte. Weißt Du, daß Herr von Hopfen glaubt, sich hier in einem Gasthof zu befinden.

Clara (kleinlaut). Ja, das weiß ich.

Henny. Warum hast Du mich im Dunkeln gelassen?

Clara. Das will ich Dir sagen. Dein Kurt —

Henny. Bitte!

Clara. Also. Herr von Hopfen würde Dir gegenüber seine natürliche Unbefangenheit verloren haben. Er wäre sicher davon gelaufen und Franz hätte mit laufen müssen.

Henny. Herr von Hopfen wäre nicht davongelaufen, das weiß ich besser.

Clara. Du?

Henny. Ich will Dir ein Geheimniß anvertrauen. Er ist verliebt wie Romeo.

Clara. In Dich?

Henny. Nein, in die Wirtschafterin vom weißen Hirsch, — ein reizendes Mädchen, das er heute kennen gelernt hat. Es sieht mir zum Verwechseln ähnlich.

Clara. Er hat Dich gesehen.

Henny. Ja, ich hatte, wie Vormittags immer, dieses einfache Kleid an und hat er mich für die Wirthschafterin gehalten.

Clara. Und Du hast ihn in diesem Glauben gelassen? Brillant!

Henny. Wenn ich will, heirathet er mich vom Fleck weg.

Clara. Und mir scheint, Du willst.

Henny (umarmt Clara). Meine liebe Claire!

Clara. Siehst Du, das dankst Du mir. Gieb nur Dein Incognito nicht zu früh auf.

Henny. Ich werde mich hüten. Es ist viel zu schön, sich so uneigennützig geliebt zu wissen. Ich bleibe Wirthschafterin im weißen Hirsch bis — nun, wir werden ja sehen. Verrate mich nur nicht, und halte Dein Schnäbelchen auch gegen Franz.

Clara (spitzt die Lippen zum Kuß). Da, so halte ich mein Schnäbelchen gegen Franz.

Henny (küßt sie).

2. Scene.

Vorige. Pomperon (von links I)

Pomperon (einen Brief in der Hand). Gut, daß ick Dick treff'. Hier schreibt mir die alte Hopf, daß er heut' wird komm.' Hast Du schon gesproch' die junge Hopf?

Henny. Ja, Papa.

Pomperon. Nicht wahr, eine Mensch ohne Lebensart?

Henny. Gegen mich war er sehr artig.

Pomperon. Dann hat er sick verstellt. Erst will er abreis', dann will er Dick mit Gewalt bringen lass' in eine Wagen und will wieder bleib' hier. Aber ick werd' ihn nickt behalt'.

Henny. Papa —

Clara (leise zu Henny). Dein Romeo soll an die Luft gesetzt werden.

Pomperon. Aber er soll nickt sag', wir lass' ihn verhungern. Geh' in die Küch' und sorg' für die Essen. Gleich nach Tisch muß er abreisen.

Henny. Papa, ärgere Dich nicht. Vielleicht sieht Herr von Hopfen sein Unrecht ein und Du verzeihst ihm.

Pomperon (heftig). Non, non. Er muß fort. (Henny und Clara streicheln ihn von beiden Seiten.)

Henny. Aber, Papa! —

Clara. Aber, Onkel!

Henny und Clara. Nicht so heftig. Sei gut, bitte, bitte!

Manuscript not for sale.

4*

Pomperon. Habt reckt, mes enfants. Ich will nicht sein mehr so heftig. (Absichtlich übertrieben sanft.) Also, besorg' die Essen für die gute, liebe Herr von Hopf. (Henny und Clara ab, links II.) Bin ick eine alte Narr, mick zu ärgern über eine so junge Narr. (Ab, links I.)

3. Scene.

Kurt. Franz (von rechts).

Franz. Warum bist Du denn so aufgeregt? Fräulein Pomperon wird ja bald abreisen.

Kurt. Ich kann die Zeit nicht erwarten. Jedenfalls entschuldige mich bei ihr, daß ich sie nicht begleite. Sage ihr, ich hätte mich erkältet oder erhitzt, oder was Dir gerade einfällt.

Franz. Du willst also wirklich hier in diesem Gasthof bleiben und die Wirtschafterin heirathen.

Kurt. Wenn sie mich nimmt, ja.

Franz. Aber wird Dein Vater so ohne Weiteres einwilligen?

Kurt. Wenn er sie sieht, wird er sicher meine Wahl billigen.

Franz. Na, meinen Segen hast Du. (Für sich.) Wenn er nur in sein Zimmer gehen wollte. Halt, ich werde ihn gleich fortbringen. (Geht zur Thür, laut.) Pst! Ich glaube, Fräulein Pomperon kommt.

Kurt. Um Gotteswillen, ich verschwinde.

Franz. Sie ist schon auf dem Corridor.

Kurt. Rette sich, wer kann. (Rasch rechts ab.)

Franz. Hui, wie er davonrennt. Es war aber auch die höchste Zeit.

4. Scene.

Franz. Marie (von links I).

Franz. So sieht mein Fräulein Pomperon aus.

Marie. Ach, Herr von Rundstädt, ich bin ganz außer mir. Ihr Freund thut Alles, um meinen Mann zu erzürnen. Jetzt hat er auch noch meinen Schwager beleidigt.

Franz. Das bedaure ich wirklich, gnädige Frau.

Marie. Mein Mann hat ihn nur mit Mühe besänftigt.

5. Scene.

Vorige. Kurt.

Kurt (öffnet vorsichtig die Thür, ohne Marie zu bemerken). Ist sie fort? — Wann reist sie?

Franz (für sich). Da ist er schon wieder. (Leise zu Kurt.) Still! (Laut.) Unsere liebenswürdige Wirthin. —

Kurt (leise zu Franz). Schon wieder die Alte? Was will denn die?

Franz (leise zu Kurt). Fragen, ob wir hier zu Mittag essen wollen.

Kurt (geht zu Marie). Ich esse jedenfalls hier.

Marie. Wie meinen Sie?

Kurt (cordial). Was giebt's denn heute, ma chère Père?

Marie (erstaunt). Ich verstehe nicht —

Kurt. Es interessirt Sie doch, zu wissen, ob wir hier zu Mittag essen, und mich interessirt es, zu wissen, was es giebt.

Marie (erstaunt). Ich weiß wirklich nicht —

Kurt (auf seine Uhr sehend). Das wissen Sie noch nicht! Na, dann wird's aber bald hohe Zeit. — Franz, hast Du eine Briefmarke?

Franz. Nicht einmal eine Postkarte.

Kurt (zu Marie, ihr den Brief gebend). Dann bitte, seien Sie so freundlich und lassen Sie eine Marke aufkleben. (Giebt ihr 10 Pfennige.) Hier sind 10 Pfennige.

Marie (in der einen Hand den Brief, in der andern die 10 Pfennige; ganz erstarrt). Mein Herr!

Kurt. Friedrich soll diesen Brief gleich in den Kasten werfen. (Will ab.) Halb eins! Jetzt müssen Sie aber in die Küche, Frauchen. (Rechts ab.)

6. Scene.

Vorige (ohne) **Kurt.**

Marie (verplex). Frauchen! Ihr Freund hat merkwürdige Manieren.

Franz (nimmt ihr Brief und Geld ab). Gestatten Sie, daß ich das besorge.

Marie. Ich begreife nicht, wie zwei so verschieden geartete Menschen, wie Sie Beide, befreundet sein können.

Unverkäufliches Manuscript.

Sie haben unsere Sympathien sehr bald gewonnen, und ich hoffe, Sie oft bei uns zu sehen. (Setzen sich Beide rechts.)

Franz. Ich werde Ihrer liebenswürdigen Einladung mit Vergnügen Folge leisten.

Marie. Wir rechnen darauf. Henny kann dann mit Ihnen musiciren. Sie sind doch gewiß musikalisch. (Franz nickt bejahend.) Unmusikalische Menschen sind mir von jeher antipathisch gewesen. Ich will Henny gleich darauf vorbereiten, daß Sie heute Abend mit ihr musiciren. Ich freue mich sehr darauf.

Franz. Und ich erst.

Marie. Wir haben einen Flügel, ein Cello und eine Geige im Hause.

Franz (für sich.) Sonst nichts? (Laut.) O, ich bedaure gerade diese Instrumente nicht spielen zu können.

Marie. Was für ein Instrument spielen Sie denn?

Franz (für sich). Was spiel' ich denn nur? — (Laut.) Die — Flöte.

Marie. Ein schönes Instrument. Schade, daß wir keine Flöte haben.

Franz (für sich). Gott sei Dank.

Marie. Aber was fällt mir ein.

Franz (für sich). Nur keine Flöte.

Marie. Der Schulmeister im Dorf spielt die Flöte. Er muß sie uns leihen.

Franz (für sich). Da sitz' ich schön in der Tinte.

Marie. Ich will Friedrich gleich hinschicken. Auf baldiges Wiedersehen. (Für sich.) Das wäre ein Schwiegersohn für uns. (Links I ab.)

7. Scene.

Franz. (Dann) **Clara.**

Franz. Muß dieser Dorf=Pestalozzi auch gerade eine Flöte haben. (Clara tritt Mitte links ein.) Was mache ich denn nur?

Clara. Womit?

Franz. Mit der Flöte?

Clara (erstaunt). Mit der Flöte?

Franz. Denke Dir, Deine Tante war eben hier.

Clara. Ja, das weiß ich. Ich weiß auch, daß sie Dich zum Schwiegersohn haben möchte.

Franz. Ah, darum die Flöte! — Ich soll mit ihrer Henny musiciren.

Clara (lachend). Du? Du bist ja ganz unmusikalisch.

Franz. Ich bin aber so unvorsichtig gewesen, mich für einen Flöten=Virtuosen auszugeben und nun muß hier der unglückliche Dorfpädagoge eine Flöte haben. Was soll ich denn nun thun?

Clara. Flöten.

Franz. Das kann schön werden. O, dieses unglückliche Flötenspiel!

Clara. Das Dir nie hätte einfallen sollen. Na, sei ruhig, ich werde Henny in's Vertrauen ziehen. Du sollst nicht flöten gehen.

Franz (küßt sie). Du bist mein rettender Engel.

8. Scene.

Vorige. Christine (durch die Mitte rechts).

Stellung:

Christine.
*

Franz. Clara.
*   *

Christine (die den Kuß gesehen hat, schreit). Ah, herrjeh! Dat is nu all dat tweete Mal, dat ick dat seh'n hew.

Clara. Du hast garnichts gesehen — sonst erzähle ich meinem Onkel, daß Du mehr im Stalle bei Friedrich bist, als in der Küche.

Christine. Sünd Se denn in'n Stall wesen?

Clara. Schweigst Du aber, so will ich ein gutes Wort für Euch einlegen, damit Ihr Euch heiraten könnt.

Franz (giebt ihr ein Geldstück). Sie haben garnichts gesehen.

Christine. Nee, ich habe garnichts gesehen.

(Franz und Clara Mitte rechts ab.)

Christine. Dat is doch manichmal ganz good, wenn man nich seh'n hett, watt man doch seh'n hett. (Will Mitte links ab.)

Manuscript not for sale.

9. Scene.

Christine. Kurt (von rechts).

Kurt. Sie, dienstbarer Geist!
Christine. Wat för'n Geist?
Kurt. Sagen Sie, wie heißt die Wirthschafterin hier?
Christine. De Wirthschafterin?
Kurt. Ja, die Wirthschafterin.
Christine. Wie se heet?
Kurt. Na, sie muß doch einen Namen haben.
Christine. Jo, denn mut se hebben.
Kurt. Also, wie heißt sie?
Christine. Wo keen?
Kurt. Das hübsche Mädchen, das hier die Wirthschaft führt.
Christine (stolz). Dat bün ick. — Ick heet —
Kurt. Wie Sie heißen, will ich nicht wissen.
Christine. Aberst, wat wölen Se denn weeten?
Kurt. Sie sollen mir sagen, wie das Mädchen heißt, das bediente, als der Kellner Wäsche rollte.
Christine. De Kellner rullt Wäsch'? (Lacht.)
Kurt. Was soll dieses einfältige Lachen?
Christine. Ha, ha, ha! Hier givt dat goar keenen Kellner.
Kurt. Friedrich ist doch Kellner.
Christine (erregt). Mien Friedrich een Kellner. Dat is jo Lögenkrom! Wer hett Se dat seggt?
Kurt. Herr Pöre.
Christine. Wer is denn dat?
Kurt. Der Wirth hier vom weißen Hirsch. Wissen Sie denn nicht einmal, wie Ihr Herr heißt? Sie sind doch zu dumm.
Christine (in steigernder Erregung). Wat? Ick bin to dumm? Ick bin veel klöger als Se. (Henny von Mitte links.) Se hewt sick ja försnacken laten, dat düt Huus hier en Wirthshuus is und de witte Hirsch heet. Dat givt goar keenen witten Hirsch. (Zu Henny.) He seggt, mien Friedrich is en Kellner un rullt Wäsch' un ick bin to dumm. Nee, dat is to dumm. (Mitte rechts ab.)

10. Scene.

Kurt. Henny.

Kurt (der sprachlos dagestanden hat). Es giebt keinen weißen Hirsch? Aber, ich bitte Sie, wo bin ich denn?

Henny. In Grömnitz.

Kurt. In Grömnitz?

Henny. Bei dem Kapitain Pomperon.

Kurt. Bei dem Kapitain Pomperon? (Fällt in einen Sessel.) Jetzt ist es aus mit mir. Aber Alle haben mich doch glauben lassen, daß ich im weißen Hirsch bin. Und Sie auch?

Henny. Ja, ich auch.

Kurt. Aber warum — warum?

Henny. Fräulein Henny hat mir befohlen, zu schweigen, und was Fräulein Henny will, muß ich thun.

Kurt. Oh, ich bin heillos düpirt worden.

Henny. Ich hätte es auch nicht länger mit ansehen können, wie man Sie und meine Herrschaft zum Besten hält.

Kurt. Man hat also auch Herrn und Frau Pomperon düpirt?

Henny. Ja. —

Kurt. Unerhört. Und auch Sie haben mich getäuscht.

Henny. Fräulein Pomperon wollte es so.

Kurt. Oh, dieses Fräulein Pomperon! Ich wünschte, ich wäre niemals hierhergekommen. — Nein, das ist ja nicht wahr. Ich habe Sie hier gefunden. Aber wenn ich daran denke, daß man sich über mich lustig gemacht hat — so möchte ich —

Henny. Ich bitte Sie, seien Sie nicht so heftig.

Kurt. Sie bitten mich. Ich bin schon wieder ganz ruhig. Meine Heftigkeit galt auch nicht Ihnen, Ihnen am allerwenigsten. Aber Sie werden begreifen, daß ich alle Ursache habe, empört zu sein. Könnte ich nur diesem Fräulein Henny meine Meinung sagen?

Henny (schelmisch). Was würden Sie ihr denn sagen?

Kurt (heftig). Daß sie ein boshaftes, malitiöses Geschöpf ist. Und sie sollte ich heirathen! Nie! Ich schwöre —

Henny (faßt schnell und discret seinen Arm). Nicht schwören.

Unverkäufliches Manuscript.

Kurt (sieht sie fragend an).

Henny. Ich kann das Schwören nicht leiden.

Kurt. Dann schwöre ich Ihnen, daß ich nie wieder schwören will. Ich thue ja Alles, was Sie von mir verlangen. Aber nicht wahr? Jetzt erfüllen Sie auch mir eine Bitte?

Henny. Wenn's mir möglich ist, gern.

Kurt. Ihre Hand darauf.

Henny (giebt ihm die Hand, die er festhält.)

Kurt. Sie haben mir Antwort versprochen, sobald Fräulein Pomperon abgereist sein würde.

Henny (lächelnd, mit einer unwillkürlichen Bewegung auf sich). Aber noch ist sie hier.

Kurt. Nein, sie ist nicht hier im weißen Hirsch. Bitte, sagen Sie mir, ob Sie meine liebe, kleine Frau werden wollen?

Henny. Ihre Frau, wirklich? — Aber wenn ich es auch wollte, wird Ihr Vater die arme Wirtschafterin willkommen heißen?

Kurt. Ich bin sicher, daß er einwilligt. Ich frage noch einmal, wollen Sie meine liebe, kleine Frau werden?

Henny (nach einer kleinen Pause, verschämt). Nun denn, so reden Sie mit —

Kurt (freudig). Mit Ihrer Mutter?

Henny (lächelnd). Nein, mit meinem Vater.

Kurt. Hurrah! Du wirst es nie zu bereuen haben. Ich liebe Dich wahr und innig. — Denn Du bist so einfach, ich auch Du bist so häuslich, ich auch — Du bist so schön, ich auch —, nein, so schön nicht, aber selig bin ich. Ich werde Dich auf Händen tragen, meine liebe, einzige — (bricht plötzlich ab) ja, wie heißen Du denn?

(Kleine Pause.)

Marie (öffnet die Thür links I, sehr laut). Christine! Christine!

Henny (zögernd). Man ruft mich!

Kurt. Meine liebe, einzige Christine! (Umarmt sie.)

Henny (reißt sich los). Nein, Deine Julia. (Schnell links I ab.)

11. Scene.

Kurt. Friedrich. (Dann) **Lämmerhirt.**

Kurt. Christine, meine Julia. Den Menschen möchte ich sehen, der glücklicher ist als ich. Sie ist die Rechte und mir tausend Mal lieber als Fräulein Pomperon. Jetzt zum Capitän, um ihn aufzuklären, und dann zu Christinens Vater. (Zu dem eintretenden Friedrich.) Du bist ein ganz durchtriebener Schlingel.

Friedrich. Hobe die Ehre!

Kurt. Wo ist Dein Herr, der Capitän Pomperon?

Friedrich. O, dat weet ick nich, (Lämmerhirt tritt ein, mit einer Flöte) aberst hier is uns ohld Lämmerhirt mit de Fleit.

Kurt. Was?

Friedrich. Hier is uns ohld Lämmerhirt mit de Fleit.

Lämmerhirt (eine möglichst hagere Figur, halblanges, gescheiteltes, graues Haar, Brille, Vatermörder). Verzeihen Sie! Ich habe sie selbst gebracht, um Sie auf einen kleinen Fehler aufmerksam zu machen. Sie können aber trotzdem darauf spielen.

Kurt (lachend). Sie irren, ich kann nicht darauf spielen.

Lämmerhirt. Verzeihen Sie! Wenn Sie nur auf die „C"-Klappe achten wollen. Sehen Sie. (Bläst eine Tonleiter, wovon ein Ton versagt.)

Kurt. Bitte, hören Sie auf. Was wollen Sie eigentlich von mir?

Lämmerhirt. Ihnen diese Flöte geben.

Kurt. Was soll ich denn mit diesem Marterinstrument machen?

Lämmerhirt. Oh, sie hat nur einen kleinen Fehler, aber sonst einen weichen Ton, der zu Herzen geht.

Kurt. Ich brauche keine Flöte. Adieu. (Will ab.)

Lämmerhirt (hält ihn zurück). Aber die gnädige Frau hat sie doch holen lassen.

Friedrich. Jawoll. Se hett seggt: Uns ohld Lämmerhirt soll dat Fortepiano stimmen un de Fleit mitbringen.

Kurt. Wozu denn?

Friedrich. Woto? Mannichmal makt se hier Abends Musik un dobi sallen Se woarschienlich mit de Fleit helpen.

Manuscript not for sale.

Kurt (will ab). Ich spiele weder Flöte noch ein anderes Instrument.

Friedrich. Denn mutt dat de Anner sien, de de Fleit speelt.

Kurt. Nein, der spielt nur Skat.

Friedrich (hält ihn zurück). Jo, dann möt Se dat doch sien.

Lämmerhirt (hält ihn ebenfalls). Und ich will die Flöte jedenfalls hier lassen.

Kurt. Nun habe ich aber genug von Ihnen und Ihrer Flöte.

Lämmerhirt. Sie brauchen ja nicht darauf zu blasen.

Kurt. Herr, lassen Sie mich in Ruhe!

Lämmerhirt. O bitte, verzeihen Sie. (Mitte rechts ab.)

12. Scene.

Kurt. Friedrich.

Kurt. Wer war denn das eigentlich?

Friedrich. Wenn meenen Se?

Kurt. Den Mann mit der Flöte.

Friedrich. Dat is uns ohld Lämmerhirt.

Kurt. Der Lämmerhirt? So sieht doch kein Schäfer aus?

Friedrich. Uns' ohld Lämmerhirt is ook keen Schäper.

Kurt. Was denn?

Friedrich. He is de Schoolmeester in uns' Dorp.

Kurt. Der Dorfschulmeister? Ihr Vater!

Friedrich. Mien Vader? Nee.

Kurt (ohne auf ihn zu achten). Und den habe ich so behandelt! Was wird Christine dazu sagen?

Friedrich. Christine? Wat is dat?

Kurt. Rufen Sie ihn zurück.

Friedrich. Wen?

Kurt. Den Schulmeister. Ich muß ihn sprechen.

Friedrich. Wöll Se denn nu doch de Fleit hebben?

Kurt. Nein, den Schulmeister will ich haben. Mensch, Sie bringen mich um mit Ihrem Phlegma.

Friedrich. Womit?

Kurt. Hol Sie der Teufel! — Ich werde ihn selbst holen.

Friedrich. Den Düwel?

Kurt. Nein, den Schulmeister und wenn ich ihn finde, muß meine liebe, süße Christine vermitteln. (Schnell, Mitte rechts ab).

Friedrich (erregt). Wat will he mit sien leewe, söte Christine? Christine is mien un nich sien. He is ganz dwatsch — un ick ook. (Mitte, links ab.)

13. Scene.

Marie. Pomperon. (Von links I.)

Marie. Was hat Henny denn nur? Sie stürzt plötzlich in mein Zimmer, küßt mich, und ruft ganz glücklich: Meine liebe, liebe Mama, und läuft davon. So benimmt sich ein junges Mädchen nur, wenn es zum ersten Male liebt, das weiß ich.

Pomperon. Das weißt Du noch?

Marie (piquirt). Ja, das weiß ich noch. Sollte sie Herrn von Rundstädt lieben? Mir wäre er als Schwiegersohn jedenfalls viel lieber als der Andere.

Pomperon. Mir auch.

14. Scene.

Vorige. Friedrich. (Von Mitte rechts).

Friedrich. Gnädiger Herr, do is en Wagen und dorin sitt een Herr, de so hett, wie de Eeen, de jümmers so fünsch is.

Pomperon. Die alte Hopf. Laß' ihn komm' herauf und bring eine Flasche Wein. Schnell, schnell!

Friedrich. „Allens mit Maaß, seggt Klaas!" Wenn ick bloß wüßt, wo Christin is. (Ab Mitte rechts.)

15. Scene.

Vorige (ohne) Friedrich. (Dann) **Hopfen.**

Pomperon. Laß mick allein mit die alte Hopf.

Marie. Ich hoffe, Alphonse, Du wirst ihm offen heraus sagen, daß sein Sohn nicht für unsere Henny paßt. (Links I ab.)

Pomperon. Ick werd' ihm sag' nock viel mehr.

Unverkäufliches Manuscript.

Friedrich (mit Hopfens Reisetasche, öffnete die Thür. Hopfen tritt ein). Do is he.

Hopfen (läßt Pomperon nicht zu Worte kommen). Guten Tag, mein guter Pomperon. Wie geht's Dir? Was machst Du? Siehst ja prächtig aus. Nun, Alles in Ordnung? Na, natürlich. Ich bin colossal neugierig, meine kleine Schwiegertochter kennen zu lernen.

Pomperon (erregt). Kleine Schwiegertochter?

Hopfen. Oder ist sie groß? Na, klein oder groß. Das ist egal. Hat sie dem Kurt gefallen und er ihr? Na, natürlich. Ich hatte schon Angst, daß er gar nicht herkommen würde, weil er so verteufelt schüchtern ist.

Pomperon. Schüchtern? Ick muß Dir sag' —

Hopfen. Daß Du Dich freust, solch' einen Schwiegersohn zu bekommen. Na, natürlich.

Pomperon. Höre Karrel, Deine Sohn —

Hopfen. Ist ganz das Ebenbild seines Vaters, willst Du sagen. Na, natürlich.

Friedrich (tritt ein mit einer Flasche Wein und zwei Gläsern, setzt Flasche und Gläser auf den Tisch). Hier is de Wien. (Für sich.) Wo ist Christin? (Ab.)

Hopfen (setzen sich rechts). Ich freue mich kindisch auf die Hochzeit. (Pomperon schenkt ein.) Jetzt erzähle mir, wie sich mein Kurt benommen hat.

Pomperon. Oh, er war —

Hopfen. Gleich bis über beide Ohren in Deine Henny verschossen? Na, natürlich. Hat er denn seine Blödigkeit überwunden? Wie sind denn die Beiden zusammengekommen? Was hat er denn gesagt? Wie hat sich denn Alles so schnell gemacht? (Kreuzt die Arme und lehnt sich behaglich zurück.) So sprich doch endlich —

Pomperon (der ihn vergeblich unterbrechen wollte). Hat sick gar nickt gemackt.

Hopfen. Was, gar nicht? (Setzt das Glas nieder.)

Pomperon. Gar nickt. Dein Sohn ist keine blöde Schäfer, wie Du mir hast immer gesagt, sondern eine ganz unmanierlicke Mensch.

Hopfen. Mein Sohn?

Pomperon. Dein Kurt is nickt die Mann, zu heirath' eine junge Dam' —

Hopfen (aufgebracht). Nun ist's genug!

Pomperon (immer erregter). Er soll heirath' eine Dienstmagd.

Hopfen. Das ist zu viel. Ruf ihn her!

Pomperon (geht an die Thür Mitte rechts und ruft). Frédéric! (Zum eintretenden Friedrich.) Sag' die junge Herr von Hopf, daß die alte Herr von Hopf is angekomm', und die alte Herr von Hopf laß' bitt' die junge Herr von Hopf, zu komm' gleich hierher!

Fridrich. Scheun. (Ab Mitte rechts.)

Pomperon. Nun setz' Dich nieder, alte Hopf, wir können ja noch ein Glas trinken, ehe er kommt.

Hopfen. Nun sollst Du sehen, wie höflich mein Kurt sich benimmt. Na natürlich!

Pomperon. Werd' ick seh'n wie unhöflich. Na, natürlick. (Trinken.)

16. Scene.

Vorige. Kurt.

Kurt (in seinem Wesen verändert). Guten Tag, lieber Vater. Ich freue mich herzlich über Deine Ankunft.

Hopfen. Na, natürlich. Guten Tag, mein Junge.

Kurt. Entschuldige! Ich habe erst ein paar Worte mit dem Herrn Capitän zu sprechen.

Pomperon. Er ist ja so höflick.

Kurt (zu Pomperon). Ich muß Sie um Verzeihung bitten. Wir sind beide auf eine unverantwortliche Weise mystificirt worden.

Pomperon. Mystificirt?

Kurt. Ja. In der Traube in Rednitz wies uns Ihr Sohn Hans, den wir nicht kannten, den Weg zu Ihrem Hause, das er uns als den Gasthof zum weißen Hirsch empfahl. Ich hatte keine Ahnung, daß Sie Capitän Pomperon seien.

Pomperon. Und Sie hielt' mick für die Wirth? Jetzt fang' ick an, zu versteh'. Wart', meine Sohn Hans!

Manuscript not for sale.

Kurt. Ihr Fräulein Tochter bestärkte mich in dem Glauben, daß ich in einem Hotel sei.

Pomperon. Henny auch? Das is ja eine ganze Komplott. Ick begreif' nickt, warum Henny das hat gemackt.

Hopfen. Frage sie doch.

Pomperon. Oui, komm' mit. (Wollen gehen).

Stellung:

Pomperon.   Hopfen.
 *   *

       Kurt.
       *

Kurt (hält sie zurück). Einen Augenblick. Ich folgte, wie Sie ja wissen, dem Wunsche meines Vaters, als ich hierherkam. Die kurze Zeit, in welcher ich die Ehre hatte, mit Ihrer Tochter zu sprechen, genügte, um mich zu überzeugen —

Hopfen (zu Pomperon). Jetzt hält er um sie an. Na, natürlich.

Kurt. Daß wir nicht für einander passen.

Hopfen. Wie? Du willst nicht heirathen?

Kurt. Oh, doch, aber ein anderes Mädchen, das ich hier kennen gelernt habe.

Pomperon. Eine andere Mädken?

Hopfen. Wer ist denn das?

Kurt (nach kleiner Pause). Die Wirthschafterin hier im Hause.

Hopfen. Eine Wirthschafterin?

Pomperon. Is gar keine in meine Haus.

Kurt. Aber Christine hat es mir selbst gesagt, daß sie es ist.

Pomperon. Christin'?

Kurt. Ja.

Pomperon (nach kleiner Pause, in welcher sich Hopfen und Pomperon erstaunt ansehen). Lieber Karrel, ick nickt versteh' Deine Sohn, ick nickt versteh' die Christin'. Geb sick aus für eine Wirthschafterin und is nix als eine dumme Dienstmagd.

Kurt (auffahrend). Herr Capitän!

Hopfen. Eine dumme Dienstmagd?

Pomperon. Oui. Hab' ick Dir nickt gesagt, Deine Sohn soll heirath' eine Dienstmagd?

Kurt. Du solltest sie nur sehen, wie hübsch sie ist und dabei häuslich und klug.

Pomperon. Christin' klug? Non, dumm ist sie, dumm!
Kurt. Ich muß bitten, mein Herr!
Pomperon. Pardon — halt' Sie sie für klug, ich halt' sie für dumm.
Hopfen. Genug, ich will sie sehen.
Kurt. Gut. Ich werde sie bitten, herzukommen. (Will ab.)
Pomperon. Und Sie woll' wirklich heirath' die kluge Christin'?
Kurt. Ja, und wenn die ganze Welt sich auf den Kopf stellt. (Ab Mitte rechts.)
Pomperon. Was sagst Du zu Deine Sohn?
Hopfen (in einen Stuhl sinkend). Wie Gott will.
Pomperon (ebenso). Du mußt halt' still.

17. Scene.

Vorige. Marie. Franz. Claire. (Dann) **Hans.**

Stellung:

Hans.
*

Marie.   Pomperon.   Hopfen.
  *   *   *

Claire.   Franz.
  *   *

Marie (von links I). Alphonse, dieser Herr erklärt mir eben, daß er Claire heirathen will.
Franz. Ja, ich bitte Sie um die Hand Ihrer Nichte. Wir lieben uns. (Hans tritt ein.)
Marie. Um Gotteswillen, was wird nur Hans, mein guter Junge, dazu sagen?
Clara. Oh, mein liebes Hänschen wird sagen —
Hans. Ich gratulire.
Marie. Wie? (Spricht mit Franz und Claire.)
Pomperon. Komm' hierher, Du liebes Hänscken, Du gute Jung'. (Zieht ihn am Ohr.) Bin ich eine weiße Hirsch?
Hans. Papa, der Streich, den ich Euch gespielt, war mein — vorletzter. Jetzt mache ich nur noch einen dummen

Unverkäufliches Manuscript.

Der weiße Hirsch.

Streich. Ich heirathe. — Anna von Flemming ist seit einer halben Stunde meine Braut.

Pomperon. Anna, Deine Braut? Dafür verzeih' ick Dir alle Deine dumme Streick. Ick gratulir'. (Hans geht nach links zu Marie.)

Hopfen (vortretend). Ich auch. Na, natürlich.

Pomperon (verstellend). Meine alte Freund Hopf. (Zu Marie.) Denk' Dir, seine Sohn hat mick gehalt' für eine weiße Hirsch.

Marie (ihn nicht verstehend). Was?

Pomperon. Ick will Dir erklär' später.

18. Scene.

Vorige. Christine. Friedrich.

Christine (zu Friedrich). Ick segg' Di, dat is nich woar.

Friedrich. Un ick segg' Di, dat is doch woar.

Christine. Gnädige Herr, seggen Se em doch, dat he mi in Ruh' lett.

Pomperon (zu Hopfen). Da ist ja Christine, die Deine Sohn will heirath'.

Christine. Sien Söhn will mi heirathen? Friedrich, is denn dat Dien Vadder?

Friedrich. Nee.

Pomperon. Das is die Vater von die junge Hopf, die Dick heirathen will.

Christine. Wat will he?

Hopfen (energisch). Was hat Dir mein Sohn gesagt?

Friedrich. Ja, dat möcht' ick ook weeten.

Hopfen. Was hat er zu Dir gesagt?

Christine (weinend). Dat ick to dumm bün.

Hopfen. Na, natürlich.

Marie. Eine merkwürdige Liebeserklärung.

Pomperon. Ick versteh' garnix mehr.

Lämmerhirt (mit der Flöte). Verzeihen Sie, gnädige Frau, wenn ich störe. Das Clavier ist gestimmt, aber der fremde Herr wollte die Flöte durchaus nicht haben.

Marie (ironisch zu Franz). So? Sie haben sich's wohl anders überlegt?

Lämmerhirt. Diesem Herrn sollte ich die Flöte geben?

Marie. Ja, freilich.

Lämmerhirt (zu Franz). Verzeihen Sie. (Giebt ihm die Flöte.)

19. Scene.

Vorige. Kurt.

Stellung:

Hans.
*

Friedrich. Christine.
*   *

Clara.   Schulmeister.   Kurt.   Pomperon.   Hopfen.
*   *   *   *   *

Franz.   Marie.
*   *

Kurt (sieht den Schulmeister und geht erregt auf ihn zu). Gut, daß ich Sie finde. Vergeben Sie mir meine Heftigkeit. Ich hatte ja keine Ahnung, wer Sie sind. Hier steht mein Vater, der Rittergutsbesitzer von Hopfen, dessen einziger Sohn ich bin. Ich liebe Ihr Kind und werde wieder geliebt. Geben Sie Ihre Einwilligung zu unserer Heirath. (Alle drücken ihr Erstaunen aus.)

Lämmerhirt (nach kleiner Pause). Verzeihen Sie, mein Herr, aber mein einziges Kind — ist Dragoner. — —

Kurt (nach kleiner Pause, energisch). Aber Christine, Christine?

Friedrich. Hier is se. Aberst se will Se nich, se will mi.

Kurt. Das ist nicht Christine.

Christine (sehr laut). Wat, ick bün nich Christine?

Friedrich. Dat is doch miene söte Christine.

Kurt. Ach, die meine ich ja garnicht.

(Henny tritt ein.)

Hopfen. Wen meinst Du denn?

Manuscript not for sale.

20. Scene.

Vorige. Henny.

Henny (in vornehmer Toilette). Mich!
Kurt. Ja, Dich. (Sieht ihre Kleidung und wird verlegen.)
Henny. Sei nicht böse, Papa.
Kurt. Papa? — dann sind Sie?
Henny (mit einem Knix). Henny Pomperon.
Kurt (zu Henny). Aber, warum hast Du mich getäu[scht?]
Henny. Weil ich um meiner selbst willen geliebt sein wo[llte.]
Hopfen. Na, natürlich.
Pomperon. Machen Sie mein Dokter glücklich.
Franz. Das ist ihr Doktor?
Kurt (Henny umarmend). Mein Herzensdoktor!

(Der Vorhang fällt.)

(Ende.)

Manuscript not for sale.

Carl Pande[r]

Hergestellt in der Officin von R. Boll, Berlin 1893.